DO MAR
O SONHO

MARÍLIA PASSOS

DO MAR O SONHO

 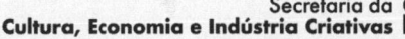

© Marília Passos, 2024
Todos os direitos desta edição reservados à Editora Labrador.

Coordenação editorial Pamela J. Oliveira
Assistência editorial Leticia Oliveira, Vanessa Nagayoshi
Direção de arte e capa Amanda Chagas
Projeto gráfico Marina Fodra
Diagramação Estúdio dS
Preparação de texto Marília Courbassier Paris
Revisão Daniela Georgeto
Gestão IC Cultura
Revisão de conteúdo Ricardo Soares
Produtoras executivas Bia Ramsthaler e Aryane Barcelos

Este projeto foi integralmente realizado com o apoio do Edital ProAC Expresso Direito nº 18/2023 - Realização e Publicação de Obra Inédita de Ficção

Dados Internacionais de Catalogação na Publicação (CIP)
Jéssica de Oliveira Molinari - CRB-8/9852

Passos, Marília
  Do mar, o sonho / Marília Passos.
  São Paulo : Labrador, 2024.
  224 p.

  ISBN 978-65-5625-680-1

  1. Ficção brasileira I. Título

24-3886   CDD B869.3

Índice para catálogo sistemático:
1. Ficção brasileira

Labrador

Diretor-geral Daniel Pinsky
Rua Dr. José Elias, 520, sala 1
Alto da Lapa | 05083-030 | São Paulo | SP
contato@editoralabrador.com.br | (11) 3641-7446
editoralabrador.com.br

A reprodução de qualquer parte desta obra é ilegal e configura uma apropriação indevida dos direitos intelectuais e patrimoniais da autora. A editora não é responsável pelo conteúdo deste livro. Esta é uma obra de ficção. Qualquer semelhança com nomes, pessoas, fatos ou situações da vida real será mera coincidência.

PICINGUABA
Guido de Camargo Penteado, 1973

Picinguaba, praia bela e amada,
É a menina dos olhos meus
Ela foi carinhosamente criada
Para o descanso de nosso Deus

Em seis dias fez Ele o mundo
No sétimo o descanso preciso
Em Picinguaba Ele adormeceu profundo
Banhando-se nela fê-la paraíso

Nela tudo é encanto; o mar
Os peixes, a mata, a natureza
A felicidade que seu povo canta

Apaixonadamente ei de te amar
Me entregar ao gozo da sua beleza,
Oh! Minha Picinguaba, praia bela e santa!

〜

Aos meus bisavós, que tiveram
o sonho de atravessar o Atlântico.
Aos meus avós Nura e Guido,
que viram em Picinguaba um sonho.
Ao meu pai, por seu afeto.

〜

1940
O MAR ARRUINOU

~ 1 ~

Deco viu na passada do pai que ele estava preocupado. Firmino se serviu do pirão de marisco, que já estava frio, e ficou na janela passando o fio do canivete no beiral. Calado, sempre calado quando ficava preocupado. Não era a primeira vez que o mar arruinava com a rede armada no cerco, mas isso nunca havia emudecido o pai. Doença, picada de cobra, o dia em que a mãe teve Lara, o pai se calava nessas ocasiões, não por conta de mar arruinado.

— Deco, amanhã a gente vai pegar a rede, senão o mar leva...
— Sim, senhor.

Deco queria saber por que o pai estava preocupado, mas não tinha coragem de perguntar. Esse homem amuado era outra pessoa. O pai que ele conhecia estava sempre ensinando alguma coisa, falando de um jeito pausado e rindo quando Deco se atrapalhava.

— Amanhã a gente sai de casa no segundo canto do galo. Você chama seu primo, ele vai com a gente.
— Sim, senhor.
— Vamos dormir que já está tarde.

— Bença, pai.

— Deus te abençoe, meu filho.

Deco aguardou o pai se recolher, mas ele continuou passando o canivete no beiral. Ficou em pé ao seu lado até Firmino virar a cabeça em sua direção. O dito era o dito, Deco que se movesse logo para o quarto.

A luz da lamparina balançava por conta do vento forte que avançava pelas frestas das janelas e do telhado de sapê, lutando bravamente para se manter acesa. O cheiro do óleo de tainha adensava o ar, mas, como o querosene tinha acabado, a mãe encheu as lamparinas com a gordura do peixe.

Deco entrou no quarto e pulou as irmãs que dormiam em suas esteiras. A luz que vinha da sala dançava sobre seus corpos. Ele tinha combinado de encontrar Amália naquela noite, mas com o pai acordado não havia jeito de sair. Ainda tinha seis fósforos. Quando seus pais estivessem dormindo, Amália acenderia dois e eles se encontrariam detrás da casa. Deco torceu para que ela não gastasse todos os fósforos em vão.

Quando o galo cantou pela segunda vez, Deco percebeu que seu pai já estava acordado. A casa cheirava a café e garapa. Deco pulou mais uma vez as irmãs e foi até o pai, que olhava através da janela. O vento tinha se acalmado, o céu, tingido de vermelho, anunciava um dia de sol. Pelo barulho das ondas, o mar continuava grosso.

Firmino olhou o filho e passou a mão em seu cabelo bagunçado. Sorrindo, disse que a batata-doce estava cozida e que ele já havia comido. Deco brincou com o chapéu do pai, aliviado por vê-lo de volta.

— O mar continua arruinado. A gente vai ter que remar rápido no jazigo... Deixa ver aqui se teu braço está forte!

Firmino apalpou o filho e, em seguida, começou a lhe fazer cócegas. Deco se contorceu de rir, e seu pai, sem lhe dar trégua, mandava ele se calar para não acordar o resto da casa:

— Não aguenta nem cócegas, vai remar rápido no jazigo?

— Vou sim, senhor.

— Eu sei que sim.

Firmino largou o filho e lhe deu um abraço. Um abraço demorado. Deco deixou-se ficar ali, tão bom era estar com o pai. Por fim, Firmino mandou ele comer e depois chamar o primo.

— Eu vou na frente.

Deco olhou pela janela e viu que o céu estava ainda mais vermelho. Era bonito o céu assim.

Ao chegar na casa do primo, ele já estava pronto. Os dois desceram pelas vielas que ainda estavam úmidas da tempestade do dia anterior. Leri escorregou ao pular um galho e quase caiu. Deco começou a rir e levou um safanão. Não revidou. O primo já tinha quatorze anos e era bem maior do que ele.

Quando chegaram na praia, o sol tinha saído e o dia estava claro. As ondas continuavam enormes e a maresia formava uma neblina no horizonte. Leri cutucou Deco e, apontando para o canto da praia, falou irritado:

— Eles nem esperaram a gente…

Deco viu seu pai, Bedico e Genésio com a canoa na água. Saiu correndo tentando alcançá-los, mas logo veio o jazigo, e nesse intervalo das ondas os três se puseram a remar.

Da beira da água, com a visão turvada pela maresia, o menino ficou admirando a velocidade com que a canoa avançava. Pescador no Camburi tinha o tempo do jazigo no sangue. O mar estava sempre virado e ninguém podia desperdiçar a pesca do dia por conta das ondas. Deus era bom porque deu ao povo o jazigo, uma chance de alcançar a areia sem virar. Ao menos era o que Firmino dizia e Deco sempre confiou em seu pai. Ele remava na frente o mais forte que podia. Os outros dois alternavam o lado da remada em sincronia. Os três eram tão experientes que, quando surgiu a primeira onda, já estavam passando o local da arrebentação. Deco pensou em ir até a pedra da espia acompanhar a canoa até o cerco, mas resolveu ficar na praia aguardando o pai retornar.

Na beira do mar, ele se abaixou para procurar uma pedra plana. Tinha que conseguir fazê-la pular cinco vezes na água, não era possível que só Leri conseguisse, mas, de repente, escutou o povo da praia gritar. Ao levantar a cabeça, viu uma onda maior do que todas se aproximando de seu pai. Ela vinha tão cheia que arrebentaria muito antes das outras. Deco sentiu o coração torcer e a mão gelar. Quis gritar como o povo, mas não teve voz. Com os olhos arregalados, acompanhou a onda desmoronando em cima da canoa e jogando-a violentamente para trás.

Deco saiu correndo pelas pedras da costeira para chegar perto deles, que até aquele momento não haviam emergido da densa espuma. A canoa foi a primeira a aparecer, rolando na arrebentação. Ela havia se partido ao meio, e Deco pensou que a partir dali não teriam mais como ir até o cerco. Depois, Bedico surgiu perto das pedras e se agarrou na primeira que conseguiu. Genésio, que sabia nadar, conseguiu ser arrastado até a areia pelo próprio mar e chegou ao raso vomitando.

Firmino foi o último a aparecer. Ele nadava mal e Deco precisava ajudá-lo. Estendendo um galho, começou a gritar para o pai, que tinha sido tragado por mais uma onda. Depois de um tempo de agonia, ele ressurgiu na superfície, próximo de Deco, que estendeu o galho o máximo que pôde, gritando. Firmino, apesar do esforço, não conseguiu alcançá-lo, e mais uma onda se quebrou sobre ele. Quando reapareceu, já estava longe da costeira e tossia engasgado. Deco fez menção de pular, mas Leri o segurou. Ninguém ali nadava direito. Imobilizado pelo primo, Deco viu o pai se afastar até desaparecer.

≈

— O dinheiro agora é por você — foram as únicas palavras da mãe naquele dia. O resto foi só choro.

Todos os moradores do Camburi vieram prestar homenagem à família, mas eles não queriam falar com ninguém. As irmãs de Dalva cozinharam uma sopa e tentaram ajudar na casa, mas foram colocadas para fora. A dor era dela e dos filhos, que ao menos deixassem doer em paz.

No dia seguinte, quando Deco acordou, a mãe não estava em casa, então ele desceu correndo para a praia. O dia estava clareando e o mar tinha se acalmado. Dalva estava em pé, de frente para o mar. Deco parou ao seu lado. Os dois em silêncio, olhando para aquela imensidão que tanto dava, mas que tanto podia roubar. A mãe não estava chorando, não mais.

— Você tem que achar o corpo do seu pai.

Deco voltou a olhar o mar. Nenhum rastro da tormenta do dia anterior, nenhuma lembrança da fome que havia levado seu pai embora.

— Ouviu? Você tem que achar seu pai.

— Sim, senhora.

— A gente vai enterrar ele, é assim que tem que ser. No mar, ele não vai descansar. O Zé Preto estava aqui mais cedo. Ele disse que a gente tem que achar o corpo para seu pai ficar em paz com o Senhor.

Deco tinha medo dele, do Zé Preto, o velho que tudo sabia e tudo curava. O pai não. Sempre levava peixe para ele, e tartaruga, que ele fazia sopa e que o pai dizia ser muito boa. Firmino gostava quando o velho o convidava para entrar, e ficava horas por lá. No dia seguinte, mandava Deco ir pegar madeira para levar para o Zé Preto. Ele ia emburrado, deixava ao lado da porta e saía correndo.

Se o velho sabia de tudo, por que não avisou o pai para ficar em casa?

— Ele falou mais alguma coisa?

— Que viu na cor do céu de ontem que alguém ia morrer, mas não sabia quem. Que quando a morte não tem rosto é porque a hora é certa.

Deco voltou a chorar, a mãe não. Ela segurou a mão do filho e falou que eles tinham que subir. Ela passaria o café, depois ele tinha que sair para procurar o corpo.

Quando Deco voltou para a praia, Bedico, Genésio e mais dois estavam voltando do cerco com a rede do pai. Eles estavam tirando a canoa da água quando viram Deco. Bedico tirou o chapéu e abraçou o menino, os outros ficaram atrás de cabeça baixa.

— É o único certo da vida, né, garoto? Seu pai se foi, mas a gente está aqui para olhar por vocês. A rede a gente conseguiu salvar. Está toda estourada, mas a gente remenda.

— Posso pegar a canoa emprestada? — Deco perguntou olhando para o chão.

— Pra quê?

— Preciso achar o corpo do meu pai.

— Já tem gente no mar atrás dele. Saíram cedo. Você fica aqui, não precisa ir. Eles vão achar.

— Sim, senhor.

Deco queria dizer que também precisava procurar o corpo, mas não podia contrariar os amigos do pai. Então voltou a chorar. Bedico começou a tirar a rede da canoa, mas, ao ver a dor do menino, voltou para perto:

— No dia que seu pai chegou aqui, eu estava na praia pegando tatuíra. Ele me ensinou a cavar por baixo, não por cima, e a gente ficou amigo. Ele estava morando com o Zé Preto. Falou que vinha de Trindade, que era parente do Zé. História estranha, mas não sou homem de confrontar a palavra dos outros. O povo também gostou dele de cara. E ele logo se casou com Dalva...

— Sim, senhor.

— Estourou toda — Bedico falou apontando a rede que os outros estavam abrindo —, mas vai dar para remendar. Ela agora é sua também.

Deco não se virou para a rede, seus olhos não saíam do mar. Bedico suspirou, depois passou a grossa mão no cabelo do menino.

— Vamos lá — disse por fim —, eles já tiraram a rede. Eu vou com você.

Bedico foi falar com o pessoal e eles voltaram a canoa para o mar. Deco só percebeu quando já estava na água, e correu para pegar o remo que tinha ficado na areia:

— Posso ir remando?

Bedico assentiu enquanto ajeitava o chapéu. Ele tinha um olho verde, o outro quase marrom, mas Deco reparou que, quando o mar refletia luz nele, pareciam da mesma cor.

— Sabe pra onde a gente vai?

— Não, senhor.

— Então rema para onde teu coração mandar.

Deco ficou em pé na canoa, pois assim via melhor. Remou a manhã toda e parte da tarde, até ficar com o rosto ardendo do sol. Quando voltaram para a praia, souberam que as outras canoas também não tinham achado Firmino. Não queria voltar para casa assim, mas o que podia fazer? Estava cansado e com fome. Bedico o acompanhou morro acima e, quando chegaram na casa de Deco, disse que podiam continuar no dia seguinte.

A vila procurou o corpo de Firmino por dois dias. No final do segundo, quando Deco chegou em casa, exausto de tanto remar, a mãe mexia a lata onde cozinhava os mariscos e aos poucos jogava a farinha de mandioca. Se tinha marisco para a janta, ela fora até a praia e sabia que não tinham achado o corpo. Deco sentou para esperar a comida, estava com muita fome. A mãe não havia mais chorado na frente dele. Deco devia seguir o exemplo, mas, assim que a viu cumprir todas as obrigações sem nenhum lamento, não conseguiu se segurar. Seu dever era achar o pai, e ele falhara. Depois de dois dias, o corpo nem prestaria mais, ao menos era o que ouviu na praia.

Dalva se aproximou de Deco e se sentou no banco que era de Firmino:

— Vocês andaram por tudo, não foi?

— Sim, senhora.

— E o que há de se fazer então? O Zé Preto falou que tinha que achar o corpo, mas se Ele não quer, a gente tem que seguir em frente. A comida está pronta, pode se servir. Suas irmãs estão na prima ajudando a costurar o vestido. O casamento está aí. É a vida que segue, Deco.

Dalva se levantou e foi para o quarto. Na comida, nem tocou. Deco sabia que tinha ido chorar escondida. *Melhor assim*, pensou, e foi se servir de pirão de marisco. Repetiu e, quando acabou, como a mãe não aparecia, foi até a frente da casa. Os tiês-sangue estavam sobrevoando as árvores ao lado. Deco pegou um bodoque imaginário e acertou cada um deles. Depois chutou as plantas que estavam à sua volta. Ia berrar, mas pensou que a mãe, para chorar, havia se recolhido em silêncio.

Não havia escurecido por completo quando Deco foi para o quarto. As irmãs estavam em suas esteiras conversando sobre o vestido da prima. O tecido tinha vindo de Paraty e elas nunca haviam visto nada tão branco. Lara disse que queria se casar assim, e começou a chorar. Daise pulou para a esteira da irmã. Deco adormeceu depois de ouvir Daise dizer que talvez a prima emprestasse o dela.

No dia seguinte, acordou em um pulo. Tinha sonhado com o corpo do pai nas pedras da costeira, na parte alta, perto da praia Brava. Eles não tinham procurado por ali, era muito alto, impossível que o mar tivesse jogado Firmino naquele canto. Deco saiu do quarto apressado, quase pisando nas irmãs. Ao abrir a tramela da porta, a mãe perguntou aonde estava indo, e Deco berrou de fora que havia sonhado com o pai. Correndo, desceu o morro e pegou a direita da praia pela costeira. O dia tinha amanhecido e a maré estava baixa. Um cardume de sardinha fazia a superfície da água estremecer e, pela primeira vez desde a morte do pai, o menino olhou o mar com afeto.

Era difícil de chegar pelas pedras até o local do sonho, mas não iria esperar Bedico para irem de canoa, então pulou e escalou a costeira por um longo tempo. Seu coração ia apertando à medida que se aproximava, incerto se queria ou não encontrar o pai morto. Quando enfim avistou a pedra alta, avançou lentamente com as mãos trêmulas. Atrás dela, exatamente como em seu sonho, estava Firmino.

O corpo estava intocável. Não tinha um arranhão, um inchaço. Seu pai estava do mesmo jeito que o vira pela última vez, só lhe faltava o chapéu. Surpreso, Deco sentiu o coração desapertar. Ele teria o enterro que era merecido e, como disse Zé Preto, descansaria em paz.

Pedindo bença, Deco se ajoelhou, observando de perto. Apesar de estar intacto, seus lábios arroxeados estavam envergados para dentro, a pele estava opaca, as pálpebras pesavam sobre os olhos. O pai parecia sorrir — ou era apenas a rigidez da boca dura.

— Vou sentir falta do senhor.

Deco por fim chorou, estendendo a mão para pegar a do pai, relembrando o momento em que quase o salvara com o galho. Porém, o corpo duro e gelado o fez estremecer. Dando um pulo para trás e tentando se livrar da temperatura do pai que estava impregnada em sua mão, disse que iria até a vila chamar Bedico e que voltariam com uma canoa.

Zé Preto andou na frente da procissão. A família foi atrás, seguida por homens e mulheres da vila. Bedico e Genésio seguravam a padiola onde um pedaço da rede estourada que o pai queria resgatar estava amarrada. Dentro dela, envergado, estava o corpo de Firmino. No alto do morro, ao lado de uma cruz feita de dois galhos amarrados com timupeva, a vala estava cavada. O corpo, envolvido pela rede, foi depositado no buraco, e com uma enxada os homens se revezaram para cobri-lo com o barro. Ninguém disse nada, ficaram todos de cabeça baixa ouvindo o barulho da terra caindo, os homens com o chapéu na mão. A família não chorou. A mãe havia dito antes de saírem que dor se sente em casa. As irmãs de Deco ficaram de mãos dadas durante toda a procissão. Deco, que ainda queria se livrar da temperatura que sentiu ao tocar no pai morto, não tinha ninguém para estender a mão.

Ao chegar em casa, Dalva chamou Deco na sala. Pegou o pote de sal e mostrou ao filho:

— Olha, tem só esse bocado. O querosene já tinha acabado. Sem seu pai, você que vai ter que arranjar dinheiro. O cerco já estava difícil. Sua prima só vai casar porque o noivo saiu daqui e foi pescar embarcado. Ganhou dinheiro, pode casar. Você vai ter que fazer o mesmo. Vai lá para Picinguaba, os barcos param lá chamando gente. Você fica lá, pesca, ganha um dinheiro e volta para cá. Traz sal e querosene, e umas fazendas para eu fazer a roupa de vocês para o casamento da sua prima. Se Deus ainda for bom, você volta antes do casamento.

Mais uma vez, Deco não conseguiu conter o choro. Diferente do pai, a mãe não era de abraçar, e ficou imóvel olhando para as chamas do fogão a lenha. Aquele silêncio era muito pesado. Se fosse o pai ali, estaria chorando em seu ombro. Mas ele se foi, o mar levou, não tinha volta.

Quando Deco parou de chorar, a mãe se levantou e encheu a cabaça com sopa. Assim que colocou a comida na frente do filho, disse que ele não poderia demorar em partir. Depois colocou a mão no bolso do vestido e tirou o canivete do pai.

— Estava no bolso dele, o mar não quis. Quando conheci Firmino, ele já tinha esse canivete. Foi o pai que deu para ele. Agora é seu.

Deco pegou o canivete e ficou observando. O pai tinha mania de ficar passando no beiral da janela, principalmente quando ficava em silêncio. Pensou em fazer o mesmo, mas não teve coragem. A mãe estava ocupada trançando uma cesta de taboa. Deco chegou a pensar que não era justo que o pai que tivesse ido. Envergonhou-

-se de seu pensamento, mas ele não queria deixar Camburi, deixar sua casa, seus amigos. Seu primo. Amália.

— A senhora me dá permissão de ir no Leri?

A mãe assentiu com a cabeça baixa, mas depois levantou o rosto. Seu olhar tinha um apelo para que ele não deixasse que ela e as irmãs vivessem sem o mínimo. Deco entendeu que pouca importância tinha sua vontade de ficar. Seu dever era partir. Decidiu então que sairia na manhã seguinte.

Além do primo, ele queria ver Amália. Não iria embora sem dizer adeus. Desde que o pai morrera, nunca mais havia se escondido no mato à espera das faíscas dos fósforos.

— Leri, Leri? — Deco chamou pela janela. O primo colocou a cabeça para fora mastigando alguma coisa. A boca e as mãos estavam meladas.

— Entra, primo. Vem comer caranguejo!

— Quero não.

— Já vou então.

Leri era seu melhor amigo. Mais velho e mais forte, sempre pregava alguma peça ou lhe dava um safanão. Mesmo assim, Deco o tinha como um irmão, por isso havia ido até lá. Queria se despedir, contar que iria até Picinguaba procurar emprego, que agora sua mãe e suas irmãs eram sua responsabilidade, mas, em vez disso, perguntou onde o primo pegou caranguejo.

— Foi o tio que trouxe, ele andou pelas bandas da praia da fazenda. Passou uns dias na Picinguaba e voltou hoje.

Deco olhou para o chão e deu um suspiro.

— Eita, primo… Você quer ir jogar pedra no mar? Te ensino o truque para pular cinco vezes.

Deco fez que não.

— Está tarde mesmo. Amanhã então, amanhã te mostro! E depois, se conseguir a canoa do Bedico, a gente vai pegar garoupa. Eu estou com isca aqui, o tio trouxe.

— Sim, primo.

— Você não quer entrar mesmo? Vem comer caranguejo!

— Só vim dar um oi mesmo. E dizer tchau.

— Tchau por quê?

— Tchau porque agora vou para casa.

— Está tudo bem lá?

— Está sim.

— Amanhã passo depois do galo então. A gente vai para a praia e pede a canoa. Se ele não emprestar, a gente fica na pedra da espia pescando.

Leri abraçou Deco, que demorou para afrouxar os braços. O primo entendeu que precisava disso e deixou-se ficar no abraço.

Deco fingiu pegar o caminho de casa, e assim que Leri entrou, pegou o rumo da casa de Amália, que ficava perto da cachoeira do Ani. Ainda na subida, ouviu o irmão mais novo dela chorando. Os pais com certeza estavam em casa, pelo menos a mãe, já que o bebê estava lá. Como faria para ver a menina? Estava quase escurecendo, era difícil Amália sair de casa naquele horário. De dia, ela saía para lavar as cabaças, descascar a mandioca, pilar o café. Mas fim de tarde nunca. Deco se escondeu atrás de uma pedra e ficou observando. A mãe estava com o bebê na sala. Os irmãos estavam todos por ali, menos Amália. A escuridão estava próxima, se demorasse, iriam dormir e ficaria ainda mais difícil chamar sua atenção. Resolveu então tentar a sorte jogando pedrinhas na janela do quarto. Se Amália não estava na sala, podia ser que estivesse lá. Deco jogou três pedrinhas e aguardou. Para sua alegria, a menina colocou a cabeça para fora e Deco jogou mais uma, mostrando que estava escondido atrás da pedra. Ela tomou um susto ao vê-lo, e depois de ter certeza de que seu pai não estava pelo quintal, sinalizou que iria até lá.

Deco ouviu ela dizer que iria procurar sua fita de cabelo. A mãe brigou, dizendo que, se perdesse, iria levar uns safanões, e Amália saiu dando de ombros. Naquela casa tudo era motivo para safanões e ela sempre pedia para Deco crescer logo para levá-la dali.

— Dequinho, estou tão triste por você. Eu gostava do senhor seu pai... Aqui em casa está todo mundo triste... — ela disse empurrando Deco para o canto da pedra. — Vou te dar muitos beijinhos para você não ficar tão triste.

E beijou todo o rosto de Deco, sua orelha e seu pescoço. Deco ficou arrepiado e se lembrou do pai fazendo cócegas na manhã em que morreu. Seus olhos se encheram de lágrimas. Amália ficou beijando-os.

— Beijo salgadinho. Um dia a gente vai se beijar dentro do mar. Você vai casar comigo, né?

Deco tinha vindo para se despedir e sabia que o certo era dizer a verdade. Mas onde estavam as palavras de adeus? Amália estava incansável em suas carícias e disse que tinha escutado sobre pessoas que se beijavam com a língua.

— Como com a língua?
— Você coloca uma língua na outra.
— Parece nojento.
— Nojento nada, são só duas línguas. Quer tentar?

Deco fez cara de nojo, mas Amália deu de ombros, igual havia feito para a mãe.

— Fica paradinho e coloca a língua para fora. Se não gostar, a gente para.

Deco obedeceu e fechou os olhos. Sentiu a língua da menina passando pela sua devagar. Ela era muito macia. Ficaram um tempo parados, uma língua na outra, descobrindo a textura daquela parte do corpo. Aos poucos, Amália começou a movê-la pelos lábios de Deco. Lambeu-os devagar e, em seguida, entrou em sua boca. Os dois ficaram assim, a boca grudada e uma língua dançando com a outra. Deco sentiu o corpo se expandir e quis se afastar, mas a menina grudou com mais força em seu ventre. Nessa hora, a mãe gritou de dentro:

— Amália, não achou sua fita?

Os dois deram um pulo. Ofegante, ela disse que precisava ir.

— Não disse que podia ser bom? — ela ainda falou, e Deco assentiu com a cabeça. Se ela não tivesse saído tão rápido, talvez tivesse dito que estava indo, mas que voltava para casar com ela.

No dia seguinte, ainda estava escuro quando Deco acordou. Não se despediria da mãe, nem das irmãs. Nem de ninguém. O certo então era sair no escuro, quando todos dormiam. Para levar, não tinha nada, só a roupa do corpo e o canivete do pai. Pensou em pegar umas bananas, mas talvez fizessem falta para a mãe.

Deco tinha o sonho de conhecer Picinguaba, que era maior que Camburi e onde os barcos de pesca atracavam. Sabia que lá tinha muita festa, e que tinha uma escola. E um armazém. Seu pai nunca quis ir até lá, nem deixava que ele e as irmãs fossem. Leri às vezes ia com os amigos, principalmente na época da Folia de Reis. Ele contava dos bandolins, das danças, e que tinha umas italianinhas lindas. Sua vontade de conhecer Picinguaba era enorme, e nada era mais triste do que estar indo para lá.

A escuridão ao sair de casa era quase total. Quis voltar para pegar o fifó para iluminar a trilha, mas não podia gastar o pouco óleo de tainha que ainda restava. Até a cachoeira do Ani, conhecia o caminho e podia se virar com a luz vinda de uma fina lua, mas depois teria que esperar a primeira luz do dia.

Deco estava caminhando certo do rumo quando viu uma luz brilhando no meio do mato. Estranhando, resolveu se aproximar. Não tinha como ter uma lamparina acesa por ali. Porém, quando chegou perto, percebeu que era a casa de Zé Preto. No escuro, acabou pegando o caminho errado. Ele estava fazendo a meia-volta quando a voz do velho o chamou. Assustado, viu uma sombra sentada ao lado da porta. Já tinha medo dele, naquela escuridão então, o coração fugia pela boca.

— Vosmecê se achegue.

Deco olhou para trás e pensou em sair correndo, mas viu a imagem do pai dizendo que levaria o melhor peixe para o Zé, então, devagar, acabou se aproximando.

— Vosmecê comeu antes de começar a viagem?

Deco sentiu um frio na espinha. Aquele homem era um bruxo.

— Não, senhor.

— Então entre. Venha comer.

O velho se levantou e caminhou para dentro da casa. Ele era alto e dava pra ver que havia sido muito forte. Deco nunca tinha visto Zé Preto sem chapéu, então não sabia como era seu cabelo, ou se era careca. Temeroso, o seguiu porta adentro.

A casa tinha apenas um cômodo. Havia ervas secas penduradas por todo canto, enchendo o ar de um aroma que acalmou a batida acelerada do coração do menino. Zé Preto apontou para um banco encostado na parede, onde Deco se sentou, e foi atiçar a brasa do fogão. Pegou umas bananas, muito parecidas com as que tinha em sua casa, e colocou em cima da chapa do fogão. Em uma panela de ferro, esquentou água, na qual jogou algumas das ervas que estavam penduradas. Quando tudo ficou pronto, levou a banana quente e um copo de madeira bem-talhado com o chá até Deco e se sentou em uma cadeira. Deco tinha ouvido o pai falar que ele se sentava em uma cadeira, mas nunca tinha visto. Sentado nela, Zé Preto ficava bem mais alto em relação a quem estava no banco.

— Vosmecê vai então para Picinguaba...

Deco se arrepiou novamente, e acabou deixando cair um pouco do chá quente em sua perna.

— Está assustado? Vosmecê não queria conhecer para aqueles lados? Agora está no rumo.

O pai gostava tanto daquele velho que ele não podia ser ruim. Seu problema talvez fosse exatamente aquilo, saber de tudo. Deco tentou comer um pouco da banana, mas estava muito quente. Aventurou-se a olhar para Zé Preto, que o encarava com seus olhos embaçados por baixo do chapéu. Ele precisava falar alguma coisa, não aguentaria aquele olhar sobre ele, escarafunchando sua vida.

— O pai... O pai nunca deixou eu ir. Nem eu nem minhas irmãs...

O velho apenas balançou a cabeça, depois, para alívio do menino, tirou os olhos dele e espiou pela janela:

— O dia já vem. Vosmecê tem que caminhar na luz, nunca no escuro. Entendeu?

— Sim, senhor.

— Vosmecê me passe o canivete do seu pai.

Em um reflexo, o menino enfiou a mão no bolso, escondendo o canivete. Fizesse a bruxaria que fosse, não daria ao velho o único objeto que tinha do pai.

— Vou abençoar. Com ele, vosmecê abrirá seu destino.

O velho estendeu a enorme mão em sua direção. Ela era toda rachada por dentro, cavidades que o mar precisaria de muito tempo para desenhar nas pedras da costeira. Vivera demais, por isso sabia de tudo. Deco entendeu naquelas rachaduras que não havia como negar algo ao bruxo e então entregou o canivete. Zé Preto o fechou entre as duas mãos, ficando em silêncio por um longo tempo. Quando enfim abriu os olhos, estendeu-o de volta:

— Agora pode ir. Acaba a banana e vai. Seu dever vosmecê fez: enterrar teu pai. Agora é seguir o caminho. Firmino se foi para que vosmecê pudesse ir até lá. É assim que se faz um destino. São as leis de Deus.

Deco ficou terrificado. Tivera ele participação na morte do pai? Ele, que tanto o amava? Detestava aquele velho... Ele era um homem mau.

— Licença, senhor — Deco disse e se levantou, deixando o copo e a casca da banana ao lado do fogão. Zé Preto olhou o menino com o mesmo olhar de seu pai. Deco ficou ainda mais confuso. Precisava sair dali.

— O dia já veio. Olhe. Para vosmecê, para o senhor seu pai, até para este velho aqui: nossa vida é o mar. Nada da nossa gente escapa disso. Senhor seu pai teve o caminho certo. Agora é a vez de vosmecê partir.

Deco, sem nem saber por quê, começou a chorar. O velho passou na frente e colocou a mão sobre sua cabeça, fazendo uma oração em uma língua estranha. Mesmo chorando, o menino sentiu que algo crescia dentro dele. Algo de coragem, algo que o deixava mais forte. Quando o velho acabou, abriu a porta da casa e falou:

— Quando alguém morre, deixa um vazio na gente. É nesse vazio que nasce um vosmecê outro. Partes outras da gente. É uma dádiva quando alguém se vai. O espaço que se abre é enorme. A gente dá um salto, cresce como árvore grande. Acalme seu coração. Está tudo na lei de Deus. Agora vai.

≈

A trilha para Picinguaba costeava o mar até a Cabeçuda. De lá, tinha que andar morro acima para depois descer para a vila de Picinguaba, que uns antigos às vezes chamavam de prainha. Deco não queria passar pela Cabeçuda porque lá tinha parente da mãe, da Amália, tinha parente de muita gente do Camburi, e ele não queria dizer que estava indo para Picinguaba. Se tivesse se despedido de todos, se tivesse saído à luz do dia, tudo bem, pararia na Cabeçuda, tomaria um café na casa dos primos da mãe, falaria um pouco da morte do pai e que agora tinha que arranjar trabalho. Mas saíra no escuro, em silêncio. O que falar para o povo de lá?

Vencendo o medo, Deco saiu da trilha e subiu a mata fechada. Tentaria acompanhar o caminho por cima, procurando de tempos em tempos uma clareira onde pudesse ver o mar para se orientar.

Se não tivesse crescido ouvindo tantas histórias da floresta, não ficaria com o coração palpitando quando andava sozinho nos morros. Na mata fechada, tudo é barulho. Deco caminhava rápido, com as pupilas dilatadas e os ouvidos atentos a qualquer som que se destacasse da algazarra dos pássaros. Sempre admirou o primo. Leri andava calmo pela floresta, mas também não tinha crescido com um pai que estava sempre contando histórias.

Sobre a caipora, Firmino tinha uma porção delas. Encontrar com o animal meio cavalo meio gente era o maior medo de Deco. O pai dizia que o uivo da caipora era como o choro de um cachorro, mais forte e mais alto. Se ouvisse um choro desse, teria que subir em uma árvore, a mais alta, porque lá a caipora não o veria. Do contrário, poderia ser raptado por ela, que nem aconteceu com o velho caçador do Camburi. Não se lembrava dele, mas o pai disse que chegou a conhecê-lo.

Essa história era a primeira que o pai contava quando conhecia alguém, sempre se acocorando no chão e desenhando com um graveto a caipora e o caçador. O pai era bom naquilo, fazer desenho das histórias que contava. A caipora era bem maior que o homem. Tinha as quatro patas e o corpo do cavalo, mas na parte do pescoço e da cabeça era toda mulher. Firmino começava contando que o sujeito era o melhor caçador que a vila já teve, e que nunca voltava sem caça. Um dia, seguindo um macuco, ele chegou bem no alto da floresta, bem mais alto de onde Deco estava, e deu de cara com uma caipora que tinha um cabelo grande que corria o torso e cobria os peitos de mulher. Ao ver o caçador, a caipora se apaixonou. Amor à primeira vista. Ele tentou subir em uma árvore, mas não deu tempo e o bicho colocou ele no dorso e o levou para sua toca, que ficava no topo do morro. Acorrentou o pobre homem num tronco, de onde ele nunca podia sair, mas cuidava bem dele.

O tempo foi passando e o homem, conformado com sua história, cuidava da toca quando a caipora saía para caçar e das caiporinhas que eles tiveram. Era tão bom marido que a caipora foi pegando confiança e acabou tirando sua corrente. O homem já tinha virado meio bicho e estava abandonado à própria sorte, quando um dia a caipora disse que iria para longe caçar e demoraria para voltar. O caçador ouviu aquilo e se lembrou do seu povo, da vida no Camburi. Quando a caipora voltou e viu que ele tinha fugido, começou a gritar, furiosa. Pegou os filhos e foi morro abaixo atrás do homem, que nessa hora já estava chegando na costeira, de onde avistou um pescador em sua canoa. Ele pediu socorro, mas o pescador se assustou com a imagem daquele homem barbudo e pelado no alto das pedras. Desesperado, o homem começou a gritar que era o antigo caçador, e o pescador, lembrando-se do homem que tinha desaparecido, foi resgatá-lo. Assim que entrou na canoa e ela se afastou da costeira, a caipora apareceu chorando e gritando como um animal selvagem. Pedia desesperada ao homem que voltasse, que não podia viver sem ele, que era amor o que ela sentia. O homem tinha se afeiçoado àquele bicho, até filhos tinham, mas sua vida não era ali aprisionado em uma toca. E, assim, foi se afastando da costa enquanto a caipora gritava cada vez mais forte. Ao perceber que seu amor não voltaria, furiosa, tirou os filhos das costas e rasgou cada um deles, jogando-os ao mar.

O pai de Deco era cheio dessas histórias e não gostava de quem duvidasse. O maior medo do menino era encontrar a caipora e ela se apaixonar por ele.

O sol já estava a pino quando Deco passou a vila da Cabeçuda pelo alto. Mesmo longe, dava para sentir o cheiro das lenhas dos fogões queimando e o barulho das crianças. Depois desse ponto, ele tinha que começar a descer. Esse costumava ser o horário que voltava para casa para almoçar e seu estômago começou a roncar. Se tivesse um facão, cortava um palmito. Se estivesse com o bodoque, comia um pássaro. Na parte alta do morro, era difícil encontrar frutas, mas talvez desse sorte quando começasse a descer.

Pouco tempo depois de começar a descida, Deco escutou o barulho de uma cachoeira e foi em sua direção. Se não encontrasse comida, ao menos beberia água, mas, para sua sorte, antes mesmo de chegar na queda d'água, o menino avistou um pé de cambucá carregado do fruto. Na hora pensou no Zé Preto com a mão em sua cabeça fazendo a estranha oração, e se atirou sobre os frutos antes de se banhar na cachoeira. O sol vencia a floresta em alguns pontos e esquentava a pedra lisa na beira da queda. De barriga cheia e refrescado pela cachoeira, Deco se deitou sobre a pedra e adormeceu.

Os mosquitos estavam em festa quando o menino acordou se coçando. Assustado, olhou para o céu e percebeu que dormira demais. Não sabia quanto tempo era dali até Picinguaba, mas era possível que a noite o pegasse ainda na mata fechada. Deco pegou alguns cambucás e saiu correndo mata abaixo, pensando que, se não chegasse na vila, tentaria ao menos alcançar a costeira para não dormir na mata fechada. Só parou para respirar quando ouviu o pio do macuco, e seu coração apertou de saudade do pai. Ele imitava o pio do bicho com perfeição. Deco pensou em tentar pegar o macuco para matar a fome, mas lembrou-se de Zé Preto dizendo que tinha que caminhar na luz, então voltou a correr morro abaixo. Não demorou, alcançou a trilha, e, aliviado, comeu os cambucás antes de voltar a correr. Já estava escurecendo quando começou a sentir o cheiro da madeira queimada e o latido de cachorros. Depois daquele morro chegaria enfim à vila de Picinguaba.

≈

— Ei, o que você tá fazendo espremido aí?

Deco virou para o outro lado das pedras que muravam seu sono. Demorou para perceber que aquela era uma voz do mundo real, não de seus sonhos. A voz continuou a lhe perguntar quem era ele e por que estava dormindo ali, e o menino acabou abrindo os olhos. Nas primeiras horas do dia, o mar e o céu ficavam carregados de um azul tão limpo que dava a sensação de tudo estar bem. Antes de olhar para a voz que o acordava, reparou na enseada. O mar era calmo e translúcido, muito diferente do mar do Camburi, que nem nos dias de mansidão transbordava aquela paz. Deco olhava aquela calmaria, saindo do sono para um encantamento, até a mesma voz voltar a perturbá-lo.

Uma menina de cabelo aloirado e com os olhos tão azuis como os do pai, tão azuis como o mar e o céu, estava em pé ao seu lado. Decerto, uma miragem. Sua roupa não tinha rasgos e sua fita no cabelo era maior que a de Amália. Usava sapatos e segurava um caderno na mão. Nunca tinha visto nada igual. A menina colocou a mão em sua testa:

— Não está com febre, não. Você está bem?

Deco balançou a cabeça que sim, depois que não.

— Da onde você vem?

— Do Camburi.

— Ah bom, achei que o mar tivesse te jogado aí. Já que não está morto nem doente, vou indo. Se me atrasar para a escola a professora pega logo o bambu. Qual é seu nome?

— Meu nome? Deco.

— Tchau, Deco.

Deco ouviu o barulho dos sapatos pulando as pedras ao se afastar sem saber se a menina era mesmo real. Sentando-se na pedra, tornou a olhar para a baía a sua frente.

Picinguaba!

Pela primeira vez, desde a morte do pai, Deco sorriu, e ficou contando a quantidade de barcos ancorados na baía. Três barcos grandes, quatro pequenos. Em algum deles conseguiria trabalho e logo voltaria para casa com dinheiro.

Espreguiçando-se, levantou da pedra para poder ver melhor. Três prainhas de mar calmo formavam a vila. Em cada uma delas havia ranchos de pesca e canoas na areia. Algumas eram coloridas. Já tinha ouvido falar que existiam canoas pintadas com tinta que o mar não apagava, mas não imaginava que fossem tão bonitas. Além das canoas, ficou impressionado com a igreja branca que se destacava no meio da vila. Deco nunca vira uma construção tão grande e tão branca. Até Deus em Picinguaba parecia mais importante que no Camburi.

Na primeira praia, homens trabalhavam em uma rede de pesca; na barra de um pequeno rio, mulheres lavavam roupas. Na areia, os peixes estavam sendo secos em varais montados em estacas, da mesma forma que faziam no Camburi. No alto do morro, os roçados eram revelados pela ausência de mata. Deco ouviu o ronco da barriga e pensou que tinha tanto peixe secando ao sol que talvez pudesse comer um. Peixe assim, sem dessalgar, era muito ruim, mas ao menos acalmaria sua fome.

Foi andando até a praia e, criando coragem, aproximou-se do grupo de homens que estava em torno de uma rede de tainha. Eles se viraram para Deco:

— Ei, menino! Veio de onde? O mar te trouxe, meu filho?

— Não, senhor.

Eles tinham a pele queimada de sol e usavam chapéu. No Camburi, homem também tinha que usar chapéu, mas ali estavam todos vestidos em camisas de botão brancas e calças de algodão. Um ou outro tinha a roupa rasgada, mas nada daqueles trapos que os adultos usavam no dia a dia no Camburi. Eles olhavam para Deco curiosos. O menino, se não precisasse arranjar trabalho, teria corrido de volta para casa.

— De onde você vem, meu filho? — perguntou o mais alto de todos. Não fosse a pele escura, Deco podia dizer que lembrava seu pai, principalmente os olhos.

— Do Camburi, senhor.

— Ah, sim. E como andam as coisas por lá?

Deco deu de ombros e ficou quieto olhando seus pés. Ele era o único descalço. Um dos homens abriu a rede e mostrou outros lugares em que estava arrebentada. Deco olhou curioso. Se soubesse remendar rede, podia oferecer seu serviço. O homem alto tornou a falar:

— Onde rasgou sua roupa desse jeito?

— Rasguei não, ela é assim mesmo.

Os homens começaram a rir, desenrolando cada vez mais a rede em busca de buracos. Eles tinham as mãos grandes e se moviam em sincronicidade. Deco sabia que suas roupas estavam velhas, sua mãe mesmo queria dinheiro para fazer novas para o casamento da prima, mas nunca soube que isso era motivo de riso. Ainda porque ele nem lembrava dela menos rasgada que aquilo. Deco ficou com raiva daqueles homens, de suas roupas sem furos e de seus sapatos. Tomando coragem, pois queria se afastar logo, pediu um pouco de comida:

— Quero um pedaço de peixe.

— As coisas pelo Camburi não devem estar boas, hein? Pega o peixe aqui. Se quiser tomar um café, bate lá naquela casa. A mulher está lá, diz que eu que te mandei — falou um de voz grossa. Seu jeito de falar era tão bravo que Deco teve medo de aceitar o café, mas foi logo pegar o peixe. Comeu com gosto a cavala seca ao sol, sentado em um canto de uma pedra grande que tinha no meio da praia. No Camburi, as cavalas eram muito grandes, e o pai o havia ensinado a cortar em postas para secar, mas muitas vezes faltava o sal.

Os quatro homens, depois de olharem a rede toda, começaram a estendê-la na areia. Estava chegando a época das tainhas. Já tinha ouvido dizer que em Picinguaba o mar ficava talhado de peixe. A tainha vinha assim, na beira da praia, se oferecendo sem nenhum confronto. No Camburi não era essa moleza. Tinha que enfrentar o mar grosso comum naquela época do ano, isso quando ele não estava arruinado. Depois, tinha que cercar o peixe em alto mar, que também não era fácil. Mas o pior de tudo era voltar para a praia com a canoa cheia e perder a pesca para as ondas.

Deco tinha acabado de comer o peixe e estava com a garganta coçando de tanto sal quando o homem mais alto acenou. Lambendo os dedos, voltou a se aproximar do grupo.

— O que você veio fazer aqui, meu filho?

— Pescar. Preciso de trabalho em um barco.

Todos tornaram a rir. Riram tanto que se atrapalharam com a rede. Deco ficou confuso. Se a mãe havia mandado procurar trabalho, devia saber o que estava fazendo. Respirando fundo, perguntou ao mais alto por que riam:

— Magrelo desse jeito, fraco, você não vai conseguir trabalhar embarcado, meu filho.

O menino virou o rosto para os barcos que flutuavam na calma baía. Em uma única manhã, a primeira longe de seu povo, ele havia descoberto que sua imagem era motivo de riso. Malvestido, magro, fraco. Ninguém nunca o havia definido desse jeito. No Camburi, ele era apenas mais um garoto que brincava na praia e ajudava os mais velhos na roça e na pesca. Junto do pai, esse Deco havia morrido, e em seu lugar nasceu um menino deslocado do mundo. Com o rosto virado para o mar, começou a chorar. O homem alto, percebendo o choro, deixou a rede de lado e foi até ele:

— Volta para o Camburi, meu filho. Você é novo para sair pelo mundo. A gente tem que respeitar nossos pais, não pode fugir de casa assim não. Família é coisa sagrada.

Deco não virou o rosto para ele como seu pai o havia ensinado. O homem observou um tempo a imobilidade do garoto e, suspirando, voltou para junto da rede.

Esfregando a mão para se livrar das malditas lágrimas, Deco caminhou até a sombra de uma noga e se sentou perto do tronco, em um lugar que ficasse entocado daquele povo que ria de tudo. Aqueles homens não eram donos de barco. Eles tinham apenas uma rede e uma canoa, que nem seu pai. Para conseguir trabalhar em um barco, ele tinha que falar com os homens grandes, os donos dos pesqueiros. Ficaria então ali, entocado, esperando até que algum deles aparecesse na areia.

Pertinho de Deco, mulheres lavavam as roupas na barra do córrego. No Camburi, roupa era lavada nas bicas de trás das casas, pelas meninas novas e em silêncio. Ali era um palavreado danado. De onde estava, conseguia ouvir tudo o que diziam, e depois de falarem da vinda do padre de Ubatuba e de como o banho de abútua fervida deixava a mulher quase virgem, uma delas começou a contar uma história assustadora, que fez com que Deco se movesse para ouvir melhor. Se seu pai estivesse ali, iria se juntar a elas, fazer perguntas, saber detalhe por detalhe e, depois, sairia contando por aí com os desenhos que fazia pelo chão, e falaria como se o acontecido tivesse sido com ele.

O causo era de uma moça recém-casada, lá da Almada, que tinha parido um bebê meio cutia, meio homem, e que morreu no nascimento. A mulher que contava a história jurou que tinha visto o bebê e que nada do que ia contar saía da verdade. A culpa daquilo tudo tinha sido do marido da moça, que trouxe da caça um filhote de cutia para dentro de casa. A moça, que se sentia sozinha quando o marido saía embarcado, tinha se afeiçoado ao animal e fazia tudo com o bicho. Até banho na gamela tomavam juntos. Nessa hora, teve um aiaiai das mulheres, e ela pediu silêncio para continuar.

Numa das vezes que o marido voltou do mar, a moça engravidou, e mesmo grávida continuou tomando banho com o bicho. Banho de grávida com bicho não pode e, nesse ponto, todas concordaram. Mas a moça, coitada, muito nova e sem mãe, não sabia dessas coisas. Ela já estava barriguda quando começou a sentir umas dores fortes. Sofreu tanto que o marido decidiu levá-la até Ubatuba, para ver se achava um médico, mas no meio do caminho a dor foi aumentando e ela não conseguiu mais andar. Aí o marido se lembrou do Joaquim Ferreira, lá do Puruba, e correu para chamar o curandeiro, deixando a mulher deitada em uma pedra na trilha. Quando voltaram, a moça estava quase desmaiada de dor. Joaquim apertou a barriga dela de um lado, apertou de outro, e perguntou se ela tinha tomado banho com bicho. O marido, que não sabia de nada, disse que não, mas acabou contando da cutia que eles tinham em casa. O curandeiro falou que aquilo não era uma gravidez normal e fez uma reza na barriga da moça. Depois, deu uma folha para ela mastigar. Ela logo voltou a si, sem dor. Joaquim Ferreira mandou ela mastigar até chegar em casa, depois tinha que engolir e se deitar.

Puxando o marido para o canto, para que a mulher não ouvisse, o curandeiro explicou que ele tinha que matar a cutia, cozinhar o bicho e dar um pedaço para a esposa comer. O bebê nasceria depois disso. Morto. O homem teria que enterrá-lo no alto da floresta e plantar um pé de fruta em cima. Fruta que cutia gosta. Assim a maldição acabaria. O marido ficou assustado, mas nada comparado a quando viu o bebê. Era muito feio, mistura de gente com bicho, nascido depois de a mulher ter sentido muita dor. Ela desmaiou depois do parto e foi sua sorte não ter visto aquela aberração. Mas o pobre do rapaz teve que subir o morro com aquele filho, e fez tudo que Seu Ferreira mandou.

— Olhe a situação de que Seu Ferreira livrou a mulher. A gente não esquece nunca um bicho daquele.

Algumas mulheres riram, mas disseram que era tudo invenção. Ai de Deco se dissesse que as histórias do pai eram invenções. Impressionado, começou a desenhar na areia o bebê cutia, imitando o jeito do pai. Ficou tão distraído que só percebeu os tripulantes de um dos barcos quando eles já tinham chegado na areia. Os mesmos homens com que havia conversado mais cedo estavam ajudando a puxar o caíco. Teria que ter coragem para pedir trabalho na frente deles.

O menino se aproximou lentamente, de cabeça baixa e uma mão se torcendo na outra. Parou alguns passos atrás do grupo que, ao perceber sua presença, virara para ele. Deco tentou falar, mas a voz não saía. O mesmo homem de voz grossa que o havia chamado de magrelo falou debochado:

— Esse menino quer trabalhar embarcado!

— Da onde você é, rapaz? — perguntou o homem que parecia ser o dono do barco, pois era o único que vestia cinto e chapéu de couro.

— Do Camburi — Deco balbuciou.

— Ô praia ruim de ancorar. Mar traiçoeiro! E você quer trabalhar por quê?

— Fugiu de casa... — falou um dos homens. Deco sentiu seu rosto esquentando. Tinha saído no escuro sem se despedir de ninguém, mas estava ali a mando da mãe.

— Esse menino tem que voltar para casa. Uma hora dessa os pais estão desesperados pensando se está vivo...

Deco queria explicar que não era nada disso, mas não achava voz para conversar com aqueles homens que falavam tanto e de forma tão ruim. E não podia falhar na missão que sua mãe lhe dera. Olhando apenas para o dono do barco, perguntou se tinha trabalho para ele. O homem se aproximou e colocou a mão em seu ombro:

— Rapaz, a vida no mar é uma vida dura. O primeiro trabalho num barco é no convés, fazendo de tudo. Franzino assim, não dá. E se você marear, ficar vomitando? Não tem nem reserva no corpo. Então, você tem primeiro que ficar forte, ganhar corpo, senão com poucos dias eu tenho que voltar para a terra para te trazer de volta.

— Mas eu preciso...

— Trabalhar todos nós precisamos. Daqui seis luas eu ancoro aqui de novo. Espero que tenha voltado para a casa dos seus pais. Mas, se estiver mais forte, vem falar comigo e vejo se tem lugar para você.

Ele falou com educação e a mão em seu ombro. Mas apesar disso, ou talvez por isso, Deco rompeu de novo em choro. Envergonhado, afastou-se do grupo e voltou a se sentar embaixo da noga. As mulheres já tinham saído da beira do rio, estava quase na hora do almoço. Deco estava com fome, mas não iria pedir nada para aqueles homens. Ficou observando no chão o bebê cutia que havia desenhado. Havia mais dois barcos grandes no mar. Só iria embora de Picinguaba depois de pedir emprego em todos eles.

De onde estava, ele via uma casa grande perto da costeira. Achou que era do dono do barco que estava fundeado na frente, mas, quando o sol ficou alto, ouviu o barulho de crianças e viu que estavam saindo de lá, todas com um caderno na mão, que nem a menina que o havia acordado pela manhã. Ela disse que estava indo para a escola. Aquela casa grande devia ser isso, uma escola. Lá no Camburi não tinha escola. Amália, que gostava dessa história de estudar, passava uns tempos em Paraty na casa da tia para aprender a ler e escrever. Ela disse que tinha que ter documento para poder estudar. Deco não sabia o que era aquilo, documento, e achava que escola devia ser bem chato. Amália dizia que eles batiam nos alunos que nem os pais. Ela estava acostumada com aquilo, mas ele não. Nem o pai nem a mãe batiam nele. Será que aquela menina de olhos azuis também apanhava da professora? Como alguém teria coragem de bater em uma menina daquela? Espremendo os olhos para enxergar melhor, ficou olhando para a casa de onde saíam as crianças. Quem sabe não a via com seus sapatos e fita no cabelo. Ficou tão atento olhando para longe, que só percebeu que uma bola tinha sido jogada para perto dele quando uns meninos começaram a gritar:

— Ei, joga a bola para cá!

Três meninos de roupas iguais acenavam para ele da praia. Todos tinham cadernos na mão. Deco chutou a bola de volta, mas aquela não era feita de pano, era um tipo que Deco nunca tinha visto e que com um único chute voou tão longe que acabou caindo no mar. Os meninos começaram a xingar Deco. Assustado, ele se aproximou para se desculpar, mas um dos meninos lhe deu um safanão na orelha. Deco não revidou. Além de maiores, ali era a praia deles.

— Você está doido? Jogar a bola no mar? E agora, quem vai pegar?

Deco estava assustado, mas não via qual era a gravidade daquilo. Em um mar manso daquele, era só entrar na água e pegar a bola.

— Pega lá! — falou o mais baixinho para o menino do lado.

— Eu não, vai você.

— Eu já apanhei ontem, não quero apanhar hoje de novo.

— Esse menino aí que tem que pegar, foi ele que jogou.

— Vai lá, menino. Pega a bola lá.

Deco não gostava de receber ordem de criança, mas ele que havia jogado a bola, estava certo pegar. Com a mão na orelha que estava ardendo, entrou no mar. A bola estava sendo levada pela correnteza e ele teve que ir até o fundo. Quando voltou, entregou ao único menino que não havia gritado.

— Você sabe o que é isso? Uma bola de verdade! Se a gente perdesse, você ia apanhar muito. Você é de onde, garoto?

Deco não respondeu.

— Deve ter vindo em um barco daqueles — falou o outro garoto. — Nem deve apanhar se molhar a roupa...

— Vamos subir. Mais tarde a gente desce para jogar.

E os três garotos saíram andando. Deco tinha ouvido falar pelo primo que existia uma bola que não era de pano, mas não sabia que ia tão longe com apenas um chute. Aqueles meninos eram uns idiotas, mas tinham razão de bater nele. Onde achariam outra bola igual? Todo molhado, Deco foi até o riozinho e se agachou para beber água.

— Não bebe água daí não, a mãe diz que dá bicho na barriga.

Deco se virou e viu a menina dos olhos azuis. Seu cabelo estava mais bagunçado do que de manhã, mas a fita grande se esforçava para dar à menina o mesmo aspecto intocável do começo do dia.

— Por que está molhado? Tem certeza de que você não veio do mar?

Deco não queria falar da bola e do tapa, então acabou falando de si:

— Eu preciso de trabalho, por isso estou aqui.

— Mas você não tem família?

— O pai morreu e eu tenho que arranjar dinheiro.

— Poxa, deve ser bem ruim perder o pai. Você vai trabalhar onde?

— Naquele barco ali — Deco falou, apontando para o maior de todos.

— Legal. Eu queria ser menino para trabalhar em barco. Assim dava para sair da vila, conhecer outros lugares. Meu tio já foi até uma tal de Bahia pescando.

Deco não sabia o que era Bahia, mas fez que sim com a cabeça.

— Qual seu nome?

— Maria. O seu é Deco, né? Vou te chamar de Deco, o pescador. Ou melhor, Deco, o menino que veio do mar. Seu olho é azul igual ao meu. Tchau, Deco. E se quiser beber água, ali na costeira, perto da escola, tem água boa.

Deco observou os passos da menina morro acima. Deco sabia que seus olhos eram azuis, mas não podiam ser iguais aos dela. Nunca havia visto os próprios olhos, mas, mesmo que fossem iguais, ele era um garoto esfarrapado e ela a menina mais linda do mundo.

No fim da tarde, Deco conseguiu falar com o dono da última embarcação. Mesma história: muito magro para uma vida difícil. Deco, ao ouvir o último não, ficou parado no meio da praia sem saber para onde ir. Ali, o sol se punha no mar, diferente do Camburi, onde sumia por detrás do morro. No mar era mais bonito, pois a água ficava colorida como o céu. Deco se lembrou do amanhecer vermelho do dia da morte do pai. Zé Preto sabia que aquilo significava morte. E um céu rosa daquele, em um fim de dia, qual seria o significado? Deco jogou uma pedra no mar. Ela só dava dois pulos, e o primo disse que iria ensiná-lo a pular cinco, seis vezes. Talvez estivesse chateado por ele ter saído sem dizer tchau e não ensinaria mais nada.

O rosa do céu logo se transformaria em noite, e o menino não sabia para onde ir. Nesse momento, o homem alto com quem havia conversado pela manhã se aproximou:

— Não conseguiu trabalho?

Deco acenou negativamente.

— Volte daqui nove luas. Será a pesca do carapau. Quem sabe dá sorte. Agora, volte para sua casa, teu pai deve estar preocupado com você. Eu tive um irmão que fugiu, e deixou uma tristeza que o pai e a mãe nunca tiraram dos olhos.

— Meu pai não vai sentir minha falta, eu que sinto a dele.

— Cadê teu pai?

— O mar quis para ele...

— Pobre menino. Faz pouco tempo? Ouvi dizer que um homem morreu no Camburi.

— Ele mesmo.

— E sua mãe, cadê?

— Em casa, com minhas irmãs. Me mandou aqui para conseguir dinheiro. O querosene já acabou, o sal vai acabar também. E tem o casamento da minha prima. A gente precisa de roupa.

O homem alto então se curvou, puxando a boca para o lado, pesaroso:

— Vem cá, meu filho. Olha, meu nome é Durvalino. Minha casa é logo ali, naquele morro. Ali, ó. Vem comer um pouco, a mulher já fez o jantar.

Durvalino saiu andando, mas Deco não se moveu. Não queria ir para a casa daquele homem. Queria era entrar em um daqueles barcos e fugir dali.

Quando Durvalino percebeu a imobilidade do menino, voltou até ele.

— Qual seu nome?

— Deco.

— Deco, escute. Desculpe se fizemos troça com sua magreza. Mas agora eu vou te ajudar. No mar você não vai conseguir trabalho, mas você vai crescer, vai encorpar e logo vai conhecer muito porto por aí. Mas, por ora, você fica aqui na vila. Pode dormir na minha canoa naquele rancho, e comer em casa. Eu não tenho serviço para você, mas vou conseguir alguma coisa. Quando você tiver juntado o suficiente para comprar o sal e o querosene, você leva para sua mãe. Combinado?

1941
FILHO PERDIDO

~~ 2 ~~

Deco podia não saber remendar rede, mas de roça ele entendia, já que sempre ajudou a mãe. Se tem farinha, tem comida, a mãe dizia, e eles usavam a casa da farinha emprestada da tia a cada fase da lua. Na casa de Dona Nega, Deco não precisava fazer farinha, pois um de seus filhos levava pronta, mas tinha que cuidar da fava, do café, da cana, da batata-doce e do feijão, que as formigas insistiam em comer. O dinheiro que Dona Nega pagava era muito pouco, mas ele fazia as refeições com ela, então não podia reclamar. E ela deixava repetir, já que os filhos estavam crescidos e não tinha mais ninguém para alimentar. Deco dormia na canoa de Durvalino e esperava a primeira luz do dia para subir o morro. Quando chegava na casa de Dona Nega, ela já estava acordada comendo ensopado de peixe com farinha de mandioca. De manhã, ele gostava de batata-doce com café, mas estava se habituando àquilo.

Dona Nega tinha perdido o marido fazia muitos anos e depois disso ficou luada, ao menos foi o que Durvalino contou. Agora estava velha e não tinha força para a roça. Seus filhos homens eram pescadores e lhe traziam as coisas do mar. Com as filhas ela não falava, dizia que eram ingratas. Na verdade, dos filhos, só um que ela deixava entrar na casa, os outros tinham que deixar o peixe e a farinha na porta. Quando viram que Deco estava lá para ajudar a mãe, ficaram aliviados, e de vez em quando lhe davam uma moeda a mais. Deco escondia seu dinheiro debaixo de uma pedra ao lado da enxada. Ele não era bom de números, mas em cinco fases da lua talvez pudesse voltar para casa com sal e querosene.

Todo dia pensava na mãe e nas irmãs. Picinguaba era um lugar onde as pessoas tinham roupas boas e o peixe pulava do mar direto para a canoa, mas Deco não fazia parte daquilo. Ele era apenas um garoto magrelo do Camburi. Não tinha coragem de descer na praia, pois os homens riam dele e as crianças o maltratavam. E ainda tinha Maria, que usava sapato e vestia roupas sem rasgo. No Camburi, as crianças andavam que nem ele, e mesmo Amália, que tinha documento e aquela mania de estudo, usava saia rasgada. E os adultos, ninguém ria de ninguém. O primo era o único que ria, mas o primo não contava, porque era como um irmão. Então, para Deco, Picinguaba não era as festas, a pesca ou as italianinhas que os primos contavam. Era a enxada, a canoa de noite e a saudade de casa.

Quando havia festas, e eram muitas, Deco dormia na varanda de Dona Nega, pois nas canoas sempre tinha arruaça, brincadeiras e até namoros. Na primeira lua que dormiu lá, um casal se encostou ao lado e começou a dar um beijo que, pelo barulho, parecia de língua, igual ao que deu em Amália. Deco ficou tão assustado quanto excitado, e morreu de medo de que percebessem que estava na canoa. Por sorte, depois de um tempo, chamaram a moça e ela saiu apressada. O homem ainda ficou um tempo, e, pela sombra, Deco viu que estava mexendo em seu ventre. Um dia fez isso em si e viu que combinava com beijo de língua e o escuro da noite. Ficou feliz que no mundo existissem coisas assim. Acalmava o aperto de quando se sentia só.

Em uma outra noite de festa, estava dormindo na canoa e uns moleques jogaram caranguejos dentro. Deco acordou num pulo, com um pinçando seu braço. Não contou quantos caranguejos tinha, mas eram muitos. Os meninos ficaram rindo detrás do rancho. Ele chegou a pegar o canivete do pai, mas do que adiantava brigar? A mãe dera a ordem de ele voltar com dinheiro para casa, e se furasse um daqueles meninos, nunca mais poderia voltar para Picinguaba. Nesse dia, foi até a casa de Dona Nega e se deitou encolhido na varanda.

No dia seguinte, o céu tinha acordado ameaçado e Dona Nega, ouvindo o grito da saracura, disse que demoraria muito para a chuva passar, então Deco passou o dia todo catando lenha para que não faltasse durante o mau tempo. Já era meio da tarde e o menino vinha carregando mais um amarrado de galhos e paus quando viu Durvalino na varanda da casa.

— Estou vendo que está comendo direito! Está mais forte!

— Sim, senhor.

— Pode chover um mês que não vai faltar lenha.

— Sim, senhor.

— Já conseguiu juntar algum dinheiro?

Deco fez que sim.

Durvalino se sentou no tronco que estava no chão e indicou que Deco se sentasse ao seu lado. Antes de começar a falar, puxou a boca de canto do mesmo jeito que fez quando soube da morte do pai do menino.

— Olha, meu filho. A bola do Ninico sumiu, e ele está dizendo que foi você. Sabe de que bola estou falando?

Deco o olhou assustado.

— Não precisa me olhar assim. Já fui em sua defesa, mas você sabe que o povo daqui é briguento. Acho melhor você não dormir na canoa até essa bola aparecer. Fique aqui perto da casa de Dona Nega, e se precisar, entre na casa e tranque a tramela.

Deco começou a torcer uma mão suja na outra.

— Não é fácil a vida, eu sei, mas vai ficar tudo bem. Agora volta lá para acabar de empilhar a lenha. Eu pedi à mulher para trançar uma esteira de taboa para você não dormir no chão.

≈

Depois da visita de Durvalino, Deco não desceu na praia nem nas noites sem lua, onde pouco se via e os pais proibiam as crianças de sair de casa. Quando acabava seu trabalho, sentava-se na varanda de Dona Nega e, com o canivete que era do pai, ficava raspando desenhos nos tocos de madeira entulhados. Dona Nega chamava ele para jantar quando o sol já tinha se posto, mas ainda restava alguma luz por cima do mar. Antes, eles comiam em silêncio e o menino descia em seguida, mas, quando passou a dormir na varanda, Dona Nega aparecia depois de empilhar as cabaças e panelas nas gamelas que ele enchia de água pela manhã. Diferente das refeições, nas quais se comia em silêncio, Dona Nega aparecia falante, contando histórias de sua vida. Deco gostava de ouvir, e às vezes adormecia antes mesmo de ela voltar para dentro da casa.

A mãe de Dona Nega tinha nascido na África e era escrava de uma família de comerciantes em Paraty. O pai era brasileiro e descia com mercadorias de Minas Gerais. Era filho de escravizados, mas liberto. Eles se conheceram quando ele foi comprar pólvora para sua arma e sua mãe estava limpando os pés do balcão do armazém. Dona Nega, rindo um bocado com sua boca quase sem dente, disse que foi amor à primeira vista do seu pai pela bunda de sua mãe. Todo dia ele voltava ao armazém para comprar uma coisinha boba, até perceber que sua mãe saía para buscar leite pela manhã. Passou a ir atrás. A mãe gostou dele de cara, então os dois se escondiam atrás dos currais e faziam amor. Ele queria levá-la para Minas, já estava chegando o dia de subir com as mulas. A mãe disse que iria, mas não fugida. Não queria ser achada e apanhar, nem viver escondida. Então ele prometeu que com o dinheiro que ganhasse em sua próxima descida tentaria comprar sua liberdade. Mas ele foi pego em uma emboscada na trilha do ouro. Ele e seus companheiros conseguiram matar os ladrões, mas seu pai, ferido, morreu no segundo dia. Um dos seus companheiros, do qual ele tinha salvado a vida, prometeu vender sua mercadoria e com o dinheiro libertar sua mãe.

Ao saber de sua morte, ela não quis ser liberta. Ir para onde, fazer o quê, viver do quê? Mas, como estava grávida, pensou que ao menos sua filha teria uma mãe livre. Então ela ficou por lá, por Paraty, e passou a trabalhar lavando roupa para fora, principalmente para os tripulantes que aportavam com mercadorias. Dona Nega nasceu, cresceu pelas praias e, quando tinha treze anos, se casou com um holandês que precisava de ajuda em seu sítio. A vida dela era ruim, o holandês era um homem bruto e sua mãe a ajudou a fugir em um barco de pesca que vinha para Picinguaba. Embarcado estava um filho de francês com uma índia que trabalhava com pesca e Dona Nega aceitou viver com ele em Picinguaba.

Dona Nega contava tudo rindo; só parou quando disse ter saudade da mãe:

— Só estou aguardando a morte vir me buscar. Quero encontrar minha mãezinha.

≈

Já fazia três fases da lua que Deco não descia na vila, quando chegou o dia da festa de São Pedro. Dona Nega, apesar da dificuldade, disse que iria até a praia. Deco não. Dona Nega não se conformou. Era a festa mais bonita do ano. Vinha gente da Almada, de Ubatumirim, Prumirim. Até de Trindade. Se Deco nunca tinha visto uma corrida de canoa de voga, não podia deixar de ir. E a música? Sanfona, rabeca, viola, atabaque. Bandolim! Comida também, era o dia da fartura, o povo até se cansava de tanto comer.

Dona Nega falou tanto da festa que Deco resolveu ir também. Àquela altura, depois de tantas luas, os meninos já deviam ter achado a bola, e ele queria muito ver a Maria e colocar os pés no mar.

Deco ajudou Dona Nega na escada de barro e pedras que descia o morro até a praia. Ela andava curvada, apoiando-se em seus braços. Queixava-se dos joelhos e de que o morro era muito íngreme. Deco ouvia calado, tentando dar sustento ao seu peso. Sua pele quase não tinha rugas, era estranho que fosse tão velha. Os filhos não gostavam de Dona Nega, mas Deco estava começando a se afeiçoar a ela.

Quando por fim estavam perto da praia e ouviram alguém afinando o bandolim, o rosto de Dona Nega se iluminou. Largando o braço de Deco, ajeitou a roupa e chegou na festa aprumada, indo direto para onde estavam os músicos.

A praia estava enfeitada com bandeiras, e canoas de voga de toda região estavam enfileiradas esperando o começo da competição. Deco já tinha ouvido falar sobre a corrida, e sabia que alguns moradores do Camburi vinham até Picinguaba só para ver, então observou tudo entocado atrás de um dos ranchos. Ele não se envergonhava de estar em Picinguaba, mas ainda se ressentia de ter saído no meio da noite e sem se despedir.

Durvalino iria participar da corrida e ajeitava um dos remos de sua canoa. Aos poucos, outros homens foram se aproximando, preparando suas canoas e arrastando-as para dentro da água. A bagunça era grande e todos estavam alegres. Crianças corriam entre as canoas que ainda estavam na areia. Dona Nega, ao lado dos músicos, com uma voz bonita, cantava uma canção. Detrás do rancho, Deco olhava tudo encantado. Era tanta gente, barulho e cores que nem parecia a vila de sempre. Até Dona Nega não era a mesma. Como uma pessoa tão velha e rabugenta podia cantar assim?

A corrida começou pouco tempo depois. As embarcações, impulsionadas por quatro homens que remavam com precisão, iam rasgando o mar. Da praia, cada um gritava para aqueles que torciam.

Detrás do rancho, Deco não conseguia ver as canoas, que estavam indo no sentido da Almada. Como não tinha visto ninguém do Camburi por lá, saiu detrás do seu esconderijo e se aproximou da praia. As canoas, depois de passarem por um caíco que estava no meio do mar, começaram a navegar em direção a Ilha Comprida. A algazarra na areia era cada vez maior. Deco, atento à corrida, não percebeu que os três garotos da bola o haviam cercado. Ele desviou o olhar do horizonte para os garotos. As canoas já estavam se aproximando da Ilha Comprida.

— Devolve a bola agora!

— Eu não peguei a bola de vocês!

— Ou você devolve ou vai apanhar aqui, na frente de todo mundo.

— Mas eu não peguei...

— Não vai dizer onde ela está? — um dos garotos perguntou torcendo o braço de Deco, que tentou sair correndo, mas foi cercado pelos outros dois.

— Não peguei a bola, não fui eu.

Deco insistia com os olhos arregalados, mas os três meninos, aproveitando a bagunça e o barulho, começaram a bater em Deco até ele cair no chão. Demorou para que as pessoas ao lado percebessem a confusão, mas ninguém quis deixar de ver a corrida que estava chegando ao fim para se meter em briga de garoto. Deco tentou pegar seu canivete, mas os chutes o impediam de chegar até o bolso. Sem conseguir escapar, usou o braço para proteger o rosto.

Quando as canoas voltaram para a areia e os campeões foram saudados, Deco ainda estava sendo pisoteado. Durvalino tinha ganhado em segundo lugar e, ao descer de sua canoa, foi ver a confusão. Quando percebeu que era Deco no chão, foi em sua defesa:

— Parem com isso! Saiam daqui!

Mas os três garotos não deram ouvidos. Um dos adultos, que estava por perto, falou alto que o garoto do Camburi tinha roubado a bola dos meninos. Todos olhavam Deco apanhar como uma coisa justa, e Durvalino, tentando reverter a situação, gritava em vão.

Com a boca cheia de areia e sangue, Deco estava começando a perder os sentidos quando viu uma sombra vindo do mar. Ele tinha apanhado tanto que não conseguia mais saber o que era sonho e o que era realidade, e pensou que talvez fosse seu pai vindo buscá-lo. Depois disso, não soube dizer o que aconteceu, mas a história que ficou para o povo é que Seu Reis, ao sair com sua canoa do mar, viu o menino apanhando e o chamou de João, seu filho perdido. Mandou que todos se afastassem e o levou para casa. Um mando de Seu Reis todos obedeciam. E Deco foi salvo.

1884
PRAINHA

~~ 3 ~~

A notícia chegou logo pela manhã. Maria Alvez de Paiva, a senhoria da Fazenda Picinguaba, havia morrido. Homens e mulheres tinham saído para a roça de cana com foices e comida nos cestos de timupeva. Os bebês iam amarrados em panos nas costas das mães. Fazia alguns anos que a plantação era menor e o trabalho não era tanto. Nem capataz bravo a fazenda tinha mais, mas quando chegava a época de cortar a cana o trabalho era muito. Reis estava com as mãos machucadas dos dias anteriores. Havia cortado e carregado tanta cana que estavam sangrando, mas sua mulher tinha acabado de ganhar neném e ele não queria que fosse para a roça. Então, tinha que trabalhar pelos dois.

Quando o menino chegou gritando que a senhoria tinha morrido, todos pararam o trabalho. Sabiam que ela estava doente, mas não que morreria. Ninguém estava preparado para aquilo. Gostavam de Dona Maria, mas o desespero deles não era pela sua morte. Morrer, todo mundo morreria, e para pretos como Reis, que saíram de suas terras já com a morte talhada nos olhos, não era isso que os assustaria. O problema era passar fome, ou voltar a ter uma vida ruim depois de se acostumarem com os bons tratos que viviam nas terras de Dona Maria. Mesmo isolados naquela fazenda distante, eles sabiam que toda a região estava em decadência. A cidade de Ubatuba, que havia sido grande e rica, agora estava abandonada. A cachaça, a farinha de milho e a mandioca que eles produziam eram vendidas para os barcos que ancoravam em Ubatuba, mas agora era tão pouca embarcação no porto que a fazenda vivia de subsistência.

Quando Reis chegou na fazenda, ainda criança, a cidade era próspera. Ele se lembrava da primeira vez que havia acompanhado Dona Maria até Ubatuba. Sentado na frente da carroça, ao lado de José, eles conduziam a senhoria vestida de preto, em luto pelo marido, que tinha morrido por conta de uma jararacussu. Com oito anos, Reis ainda trabalhava dentro da casa-grande e viu quando Seu Felipe chegou carregado pelos serviçais, todo suado e falando coisas sem sentido. Laura, a cozinheira, colocou a boca na mordida e ficou chupando e cuspindo, chupando e cuspindo. Repetiu isso um bocado de vezes, até que falou para José que eles tinham que preparar a Dona Maria, pois Seu Felipe morreria.

Reis ficou abismado que um homem poderoso como Seu Felipe pudesse morrer assim, por conta de uma cobra. Uma cobrinha, pois ela estava ali, morta ao lado. Laura tinha mandado pendurá-la de cabeça para baixo, antes mesmo de começar a chupar a ferida, mas nada deu jeito. Reis pensou no chefe de sua tribo, que lutou valentemente antes de ser capturado, e que tinha sido vendido com sua mãe e os outros de mais valia. Pensou em Deus. Será que até Ele podia sucumbir? Que sua mãe nunca ouvisse seus pensamentos. Duvidar de Deus, imagina.

Um mês depois da morte de Seu Felipe, Reis foi a Ubatuba pela primeira vez, acompanhando Dona Maria e José. Quando chegou na cidade, ficou fascinado pelo movimento de barcos e comércio que viu no porto. Sacas e mais sacas de café eram retiradas de mulas e carroças e eram transportadas por pretos suados até pequenas embarcações.

— São canoas — disse José.

Elas iam e vinham do porto até grandes barcos que estavam atracados na baía. José falou que o café vinha do Vale do Paraíba. Reis pensou em sua mãe. Ela tinha ido para uma fazenda de café. Será que as sacas vinham da mesma fazenda onde ela estava? Que São Benedito a protegesse.

Encantado com tudo o que via, Reis prometeu a si mesmo que na próxima vez que estivesse em Ubatuba daria um jeito de perguntar àqueles pretos que traziam as sacas se por acaso conheciam sua mãe. Ou até mesmo o chefe de sua vila. Ele era um homem de nome forte, alguém haveria de conhecê-lo.

Esse dia, porém, nunca chegou. Quando voltou a Ubatuba, anos depois, mal se viam barcos ancorados no porto. O que diziam é que o café não podia mais embarcar por lá por ordem do Imperador. Tudo que era produzido no interior de São Paulo agora tinha que embarcar por Santos, uma cidade que ficava mais ao sul.

Por isso, as coisas na fazenda não iam bem. Com doze anos, Reis saiu da casa-grande e foi para a roça. O trabalho era bem mais pesado do que na cozinha, mas os pretos diziam que o tempo difícil tinha ficado para trás. Que antes, quando Seu Felipe era vivo, o trabalho era duro, mas, com a mudança do porto para Santos, não tinha mais ninguém para comprar a farinha e a cachaça que produziam.

Reis gostava de trabalhar na terra. Depois de deixar a casa-grande e ir morar nos casebres dos escravizados, mesmo que o trabalho fosse mais bruto, sua vida ficou melhor. Banhava-se no rio, aprendeu a pescar, subia em árvores, caçava animais. E quando dava, descia até a praia. Aquele azul enchia seus olhos. O povo gostava de dizer que a terra deles estava do outro lado daquele azul. Tinha escravo de Benguela, Moçambique, Angola. Do Congo, só Reis. Todos tinham saudade de casa, mas ninguém tinha vontade de voltar.

Mesmo perdendo a chance de um dia ter notícias de sua mãe, a decadência de Ubatuba foi uma coisa boa. Nem adiantava a Fazenda

Picinguaba produzir muita cachaça, nem farinha de mandioca ou milho, pois não havia compradores. E sem Seu Felipe Dona Maria deixou-se viver no isolamento de suas terras. Os escravizados que foram morrendo não foram substituídos. José virou o capataz e era um homem bom. Os pretos podiam cuidar de suas roças, fazer suas festas e cultuar seus santos.

Mas e agora que Dona Maria morreu? E se eles fossem vendidos para uma fazenda de café, dessas que os homens eram surrados até morrer? Com Dona Maria, mesmo escravizados, eles tinham conhecido a liberdade. E agora ela estava morta. O que mais morreria com ela?

Todos que estavam cortando a cana empilharam suas foices perto do rio, onde entraram para tirar o suor. Àquela hora da manhã, o sol tinha um jeito especial de transpor a floresta e iluminar a água. O manto de musgo brilhava nas pedras e os insetos eram pequenos pontos de luz em movimento. Tudo tinha magia, principalmente a água fresca em seus corpos quentes. Mas a alegria de entrar no rio estava sobrepujada pelo assombro. Qual seria o futuro deles sem Dona Maria? Ela não tinha filhos. O que seria feito de toda aquela terra, daquele rio, daquelas pedras, dos roçados e da floresta?

Enquanto caminhavam em procissão do canavial até a sede, Reis observava tudo em volta. Havia deixado a África ainda criança, ao lado da mãe. Tinha pouca lembrança de sua vila, de seu povo, talvez por isso a fazenda de Dona Maria era a sua casa. Nela, a terra era boa. Na floresta tinha caça. No rio tinha peixe, até robalo graúdo. Em uma canoa, eles chegavam até o mar. Nada havia faltado a Reis ali.

Vida ruim ele teve quando saiu de sua vila do Congo e andou até Cabinda amarrado a sua mãe e outras pessoas. Também no navio vindo da África. E quando desembarcou em Paraty, no escuro. Sua mãe foi vendida para uma fazenda no Vale do Paraíba, pois sabia costurar e era cristã. Reis, que era garoto, foi vendido como uma mercadoria de menos valia. Quem comprou foi Seu Felipe. A compra era ilegal, por isso foi feita na noite em que chegaram. Reis nem conseguiu se despedir de sua mãe. No caminho para a fazenda, chorou muito. Ao seu lado, andando, estava José. Ele sabia algumas palavras do quicongo, e disse que ajudaria Reis, que logo ele aprenderia a falar português, e que ele tinha dado sorte.

Sorte? Com sete anos viu seu pai morrer, sua vila ser queimada. Atravessou o Atlântico como um animal e foi arrancado de sua mãe no meio da noite. O que José quis dizer com sorte, Reis só entendeu alguns anos depois. Como havia chegado à Fazenda Picinguaba ainda criança, Reis podia dizer que aquela era sua terra. Aqueles pássaros verdes, azuis e amarelos, eram seus. E o tiê-sangue. O macuco. Tudo seu. Ele não queria ir embora.

Todos caminharam de cabeça baixa até a casa-grande, parando em fila na frente. As portas estavam abertas, mas lá de dentro não saía um ruído sequer. Com o chapéu na mão, ficaram à espera de que alguém aparecesse e os deixasse entrar para se despedirem de Dona Maria. Pouco depois, chegaram os pretos que trabalhavam com madeira carregando um caixão improvisado. Pela simplicidade, percebia-se que a morte de Dona Maria não era esperada. Os pretos entraram na casa com o caixão e pouco depois voltaram para a varanda, colocando-se ao lado dos que aguardavam. Reis perguntou ao mulato que comandava a marcenaria se ele sabia do que a senhoria havia morrido.

— Parece que foi do coração.
— Que tenha seu descanso.
— Amém.

Reis queria dizer que ela não deveria ter abandonado eles daquela forma, mas aprendera cedo a não contestar a vida aos outros. Se fosse contestar, que fizesse em pensamentos. Se um preto escravizado saísse contestando as coisas por aí, não aguentava a vida.

Não demorou, Lígia apareceu com Alcino enrolado no pano e foi para o lado de Reis. Juliana, a prima de Dona Maria, chegou até a porta e disse que eles poderiam entrar de dois em dois para se despedirem de sua dona.

Reis entrou junto de Lígia. Nunca mais havia estado na casa. A beleza que estava marcada em sua lembrança não condizia com a realidade. As paredes brancas estavam cobertas de bolor, o azul vivo das portas e beirais havia ficado opaco. O piso, feito de madeira boa, estava descascado; as tábuas, soltas. As cortinas brancas estavam mofadas e as portas rangiam. Reis sabia da luta de Dona Maria para manter a fazenda. Ali, em uma terra tão boa, o dinheiro que se precisava era pouco. Mas sem ele a vida de Dona Maria ia se deteriorando.

O corpo dela estava dentro do caixão improvisado no meio da sala. Juliana, que lhe fazia companhia desde a morte de Seu Felipe, a havia vestido e arrumado seus cabelos. Reis não viu dor no rosto de Dona Maria. Se ela partiu, foi em boa hora. Seu vestido e o semblante de mulher rica não combinavam com a decadência da casa. Ao se aproximar, baixou a cabeça e rezou. Não por ela, mas por ele. Pelo seu filho recém-nascido. Pela sua mulher e pelo povo daquela fazenda, que era a sua família. Em seguida, puxando Lígia pelo braço, se retirou. Na saída, ouviu Juliana falando para José que tinha que mandar o recado para Ubatuba e depois aguardar o sobrinho chegar, pois ele era o guardião do testamento.

≈

Dona Maria foi enterrada ao lado do maior jatobá da fazenda. O cemitério era do outro lado, perto do moinho de milho, mas a vontade de Dona Maria era ser enterrada embaixo da grande árvore. As raízes que ficavam em torno dificultaram o trabalho de abrir a vala. O enterro foi demorado, e todos já estavam com os tornozelos inchados de tanto mosquito, quando enfim jogaram a última terra sobre o caixão.

A Fazenda Picinguaba agora era uma fazenda sem dono, ainda mais isolada do resto do país.

Aos poucos, pessoas vindas de Ubatuba começaram a chegar. Eles entravam na casa e eram recebidos por Juliana. Entre os pretos, o boato era de que ela iria embora e estava vendendo as coisas da casa. O tal do sobrinho que tinha o testamento de Dona Maria não havia aparecido. A única coisa que conseguiram descobrir é que tinha ido estudar em São Paulo.

Reis estava carregando a cana para a moenda quando viu os primeiros móveis sendo carregados por um carro de mulas. Primeiro venderiam os móveis, depois, seriam eles. Ele tinha ouvido falar de uns pretos que viviam ali perto, num lugar que chamavam de quilombo. Tudo gente que havia escapado das fazendas de Ubatuba. Reis pensou em ir para lá, mesmo que a ideia de ser um fugido nunca o agradara. Mas agora tinha um filho, e queria dar a ele uma vida livre. Ao menos tão livre quanto a vida que levava na fazenda de Dona Maria.

Benê Silva e Tomás concordavam que não deveriam fugir. Eles tinham uma vida boa, ninguém morreria de fome. Não tinha guerra, não tinha clã lutando contra clã. Não tinha capataz ruim. Mas e se fossem vendidos para uma fazenda de café? Se fossem para uma fazenda onde se açoitavam os escravizados? Se fossem para a cidade e tivessem que trabalhar carregando a urina e as fezes das casas das pessoas? Era tudo conversa que já havia chegado na fazenda, muitas contadas pela própria Dona Maria, que trocava cartas com seus parentes da capital e as lia em voz alta para os criados da casa. Seus parentes diziam que tinha chance de a escravidão acabar, que o imperador já não era tão querido e que por isso ele passava mais tempo viajando do que no Brasil.

Os dias se passavam. Benê, Tomás e Reis ainda estavam decidindo o que fazer quando chegou um senhor em um cavalo bonito. Assim que o viu, com suas botas pretas que vinham até os joelhos e uma casaca vermelha, Reis previu o pior: Juliana tinha vendido todos os escravizados de Dona Maria. Eles estavam trabalhando na moenda quando José chegou e pediu que parassem o serviço e se pusessem em frente da casa. Os três amigos trocaram olhares. Quando chegaram, viram todos os empregados da fazenda, escravizados ou libertos, um ao lado do outro. Reis tentou ficar ao lado de Lígia, mas homens e mulheres tiveram que se separar. No total, eram trinta e duas pessoas. O homem das botas compridas observou um por um. Juliana estava ao seu lado e ia anotando o que ele dizia em uma língua que ninguém entedia. O homem suava muito e usava um pequeno lenço para tirar o suor da testa e do nariz. Depois de analisar o último homem, foi para dentro com Juliana.

Na manhã do dia seguinte, o homem partiu cedo. Na roça, os escravizados se reuniram em pequenos grupos. Era consenso de que o melhor a fazer era fugir. Laura tinha dito que o homem e Juliana só falavam em francês, por isso não conseguiu entender o que diziam, mas que Juliana havia dito que logo se mudaria para a capital.

Naquela noite, Reis, Benê e Tomás se juntaram na beira do rio. Ficou decidido que iriam procurar o quilombo que ficava no pé de uma serra para os lados de Ubatuba.

Ao chegarem na casa que dividiam, os três homens foram em silêncio até o canto em que ficavam suas famílias, Lígia dormia e Alcino estava ao seu lado, com a boca em seu peito. Reis se sentiu menos triste. Iria embora daquela terra, mas tinha uma família que o acompanharia. Ao se deitar, abraçou Lígia por trás e sussurrou que no dia seguinte ela teria que arrumar as coisas em um cesto. Fugiriam de noite com o que pudessem carregar. Ela, mesmo sendo livre, precisava ir com ele, já que não tinha o papel que comprovava que era liberta.

— Com ou sem papel, eu vou para onde você for — ela disse depois de tirar o peito da boca de Alcino e se virar para Reis, passando seus braços sobre ele.

Choveu muito naquela noite, trovoada forte. Reis agradeceu a Deus que chovesse assim. Se eles já tivessem sido vendidos, dificilmente chegaria alguém no dia seguinte para levá-los, não depois de uma chuva forte como aquela que enlameava toda a trilha.

O dia amanheceu com uma chuva fina. Benê e Reis estavam na roça colhendo mandioca para colocar nos cestos da fuga, quando viram outro homem a cavalo chegando. Reis ficou desacorçoado. Teriam errado ao decidirem escapar só naquela noite? O que aquele homem estava fazendo ali? Sozinho não levaria todos os escravizados, mas podia ser que chegasse ajuda.

Os dois homens voltaram para casa com as mandiocas, que colocaram escondidas em um cesto. Tomás tinha escondido as foices e um facão embaixo da esteira em que dormia. Na hora da fuga, era só enrolar e colocar nas costas. Os três estavam saindo de casa quando José passou gritando que todos deveriam ir até a sede.

— Esse homem não vai conseguir levar todos sozinho.

— Os outros também vão fugir de noite... Se chegarem amanhã, só vão encontrar as esteiras no chão.

Lígia encontrou Reis perto da moenda e sussurrou que as coisas já estavam prontas, e que Isabel e Benedita já tinham conseguido arrumar as delas. Confiantes, fizeram o trajeto até a sede em silêncio.

O homem saiu da casa com Juliana e foi até eles. Diferente do outro que viera uns dias atrás, olhou para todos como uma massa única, não um por um. Depois, disse que era o sobrinho e herdeiro de Dona Maria. Que ele tinha o testamento que ela o havia confiado e que só deveria ser aberto depois de sua morte. Explicou que estava longe quando a tia faleceu e por isso demorou a chegar, mas que agora estava ali para cumprir seu dever. Em seguida, abriu o papel e começou a ler de forma pausada, com uma entonação grave e pontuando algumas palavras. Ao acabar, ficou aguardando a reação, mas todos estavam imóveis.

— Vocês entenderam a última vontade da senhora minha tia?

Ninguém disse nada. O sobrinho olhou para Juliana, que não tirou os olhos do chão. Então, chegando mais perto do grupo que o olhava atento, falou com palavras simples:

— Vocês agora são livres! Essa foi a última vontade dela. E podem escolher um pedaço da fazenda para viver.

Reis demorou a entender o significado daquelas palavras. Agora eram livres? O que isso queria dizer? Existia liberdade diferente daquela? Poder cultivar a terra, dançar suas danças, falar sua língua? Reis fora feito refém muito cedo. Tinha pouca lembrança de sua terra. Uns bois de chifres compridos, casas de barro, um altar, danças e roupas coloridas. Quando sua vila foi invadida, seu pai lutou. Ele e a mãe ficaram dentro de casa com outras mulheres e crianças. O pai morreu. Foram poucos os que morreram. Era justamente atrás dos homens que a outra tribo estava. Os homens valiam mais que mulheres e crianças, mas todos seriam vendidos no porto de Cabinda. Reis não entendia nada disso, mas, ao longo do trajeto que fez com a mãe, todos amarrados, ele foi ouvindo notícias de um mundo desconhecido e assombroso.

Depois de dias andando, no meio de tanta tristeza e resignação, Reis viu o mar. Ficou admirado com seu tamanho, sua cor. As ondas que não paravam. A mãe disse que eles atravessariam aquele rio, que na verdade era um oceano. Rio oceano. Reis ficou menos triste. Ser levado sob aquele manto azul talvez fosse coisa boa.

Porém, durante a travessia, Reis entendeu que muita coisa ruim aconteceria com seu povo e com os outros que estavam com eles, que falavam outras línguas e tinham outros costumes. Muitos morreram no trajeto. E quando chegaram do outro lado daquele rio oceano, um lugar úmido e chuvoso, fizeram com que desembarcassem ainda de noite. Segundo ouvira na travessia, ali não podia mais vender pessoas, então tudo seria feito escondido, no escuro.

A última vez que viu a mãe, enxergou só a sombra dela. Ela iria para uma fazenda de café, um lugar muito grande e muito rico, foi o que Reis entendeu. Ela sabia costurar, era valiosa. Com a mãe, foram os homens de sua vila, aqueles que Reis tinha aprendido a respeitar e admirar. Já ele teria que esperar, ver se alguém queria comprar um menino quase sem valor, que ainda demoraria para ser útil.

O que era ser livre?

Aprendeu cedo que sua vida era de alguém. Da tribo que o sequestrou, do dono do barco que o trouxe. Do Seu Felipe, depois de Dona Maria. Ela era dona de Reis e dos filhos que dele nasceriam, até de seus netos. E não era ruim ser de Dona Maria. Sendo dela, era também de sua terra. Daquele rio que corria, daqueles roçados de cana, mandioca, milho, feijão. Do bananal e da mata fechada. Do canto dos pássaros. Da carne de caça. Da fogueira durante a noite em que festejavam. Da moenda, da roda. Naquela terra esquecida, ele, Dona Maria, os pretos e os brancos eram todos um.

O sobrinho resgatou Reis de seus pensamentos, dizendo que tinha pouco tempo para ficar na fazenda. Que eles pensassem para onde queriam ir, que viessem ter com ele no fim de tarde. Anotaria suas vontades, seria tudo documentado. E disse que ele era um homem humano, que estudava Direito, e que logo a escravidão acabaria. Reis entendeu que poderiam se mudar já no dia seguinte. E que quem quisesse poderia ficar em suas casas, continuar com suas roças. Depois de tudo resolvido, a fazenda seria colocada à venda.

Os pretos voltaram para seus casebres de pau a pique em festa. A maioria tinha planejado fugir naquela noite, no escuro. Agora poderiam sair na luz do dia e para uma terra que seria deles.

Os homens se reuniram na clareira perto do rio. Todos tinham a mesma opinião. Ficariam ali mesmo. Já tinham suas casas, os roçados estavam prontos, o rio tinha peixe, a mata tinha caça e boa madeira.

Reis foi o primeiro a dizer que iria embora. Desde que começara a pensar sobre o que era ser livre, soube que sairia dali. Lígia o olhou assustada. Para que ir embora? Seu povo ficaria ali, e agora seriam donos de parte da terra. Não trabalhariam mais para os outros. Para que partir? Reis olhou para Lígia com amor. Ela era liberta, mas, assim como ele, teria que aprender o que era ser livre. Então, para que todos o ouvissem, falou alto que era a primeira vez que escolhia algo por conta própria. Que não entendia muito disso, de ser dono da própria vida. Que, na verdade, era uma coisa bem estranha ter que decidir. Que dali em diante seria o responsável por si, e que isso era um presente de Deus, mas também uma armadilha. Se algo não fosse bem, a culpa seria dele mesmo. E já que estava nascendo para uma nova vida, nasceria com sua família perto do mar. Iria se mudar para a prainha, naquele canto bem preservado, onde o mar é calmo e os peixes abundam.

Muitos disseram que eram palavras bonitas, e que a prainha poderia até ser boa escolha, mas que era muito trabalhosa. Lá não tinha nada, começariam tudo da mata fechada. E os roçados teriam que ser no alto do morro, num terreno embarrancado. Tudo muito difícil. Reis não se importava, porque do alto do morro era possível ver o mar. Depois, disse que se alguém quisesse acompanhá-lo, seria uma alegria.

No dia seguinte, José emprestou duas mulas para que Reis, Tomás e Benê Silva pudessem transportar suas poucas coisas em balaios. Lígia andou um tempo, mas depois subiu na mula, pois ainda sentia um certo mal-estar do parto. Eles iam fazendo planos de vida. As árvores que cortariam na área da roça, usariam para fazer as casas e um rancho na praia. Canoa teriam que encomendar com o povo de Ubatumirim, só não tinham como pagar. Mas uma coisa de cada vez. Rede para pegar peixe também não tinham, mas podiam pescar com anzol. Remo eles poderiam fazer.

Desbravar uma terra, montar um roçado, criar vida. As três famílias caminharam alegres por dentro da mata durante parte da manhã.

Quando chegaram na barra do rio Picinguaba, colocaram as coisas na cabeça para atravessar e Tomás voltou para trás para devolver as mulas. Caminharam pela mata fechada acima da costeira e, quando fizeram a curva, viram a baía da prainha. Reis fez o sinal da cruz. Sua sensação era de que ninguém no mundo tinha recebido mais graça do que ele.

≈

A mandioca não gostou da encosta, então eles tiveram que fazer um roçado longe da praia, onde chamaram de sertão, e construíram a casa de farinha por lá, assim não precisariam carregar a raiz para colocar no torno. O feijão estava dando trabalho por causa das formigas, mas a fava tinha vencido os insetos. O cafezal já tinha crescido e estava dando fruto pela primeira vez. Nas luas seguintes, eles não precisariam ir até a fazenda trocar café por peixe. Cada uma das três famílias tinha ficado com um morro, distância necessária para que tivessem uma vida própria depois de tantos anos morando no mesmo casebre. Em cada casa havia água corrente puxada do alto do morro em canos de taquara. A falta de sal ainda era um problema, mas, com três dias de sol depois de mar virado, eles conseguiam recolher um tanto que secava nas pedras.

Alcino já estava começando a andar e falava algumas palavras quando um dia, do nada, o mar trouxe uma canoa. Os homens estavam no alto do morro colhendo café quando a viram se aproximando. Desceram correndo e Reis entrou na água para puxá-la até o raso. Graça maior não podia imaginar. A canoa estava bem gasta e era um tipo de bordas baixas que ele nunca tinha visto na região. Imaginou que tivesse vindo de longe, e passando a mão em seu casco, perguntou quanto ela teve que viajar para chegar até eles. Queria dizer que era um presente de Deus, mas Tomás e Benê Silva, depois que saíram da fazenda de Dona Maria, pararam de mencionar Deus e falavam somente das coisas da natureza, então disse apenas que agora poderiam pescar em alto-mar e ir até Ubatumirim pela água.

Naquela noite, foram até a praia para festejar a bênção vinda do mar. Fazia muitas luas que haviam se mudado para a prainha e ainda não tinham festejado. Dia após dia, só pensavam em trabalhar e fazer de sua terra um lugar onde não sentissem fome. Tinham conseguido. Como recompensa, Deus mandou a canoa no mesmo dia que Tomás acertou a fermentação da cana e fez o mucungo. Benê Silva jogou um pouco da bebida na areia e tomou o primeiro gole. Até Reis, que não era de beber, tomou um copo. Fazia tanto tempo que não bebiam que logo no primeiro trago sentiram o rosto esquentar. Animados, ficaram em volta da fogueira falando do passado enquanto as crianças dormiam ao lado. Benê Silva estava contando como o babalorixá que o criara cortava cobreiro quando Lígia cutucou Reis e, numa voz fina, disse que não estava se sentindo bem para ficar ao sereno e que iria se deitar em casa. Reis enrolou a ponta de suas tranças, brincando com elas entre os dedos. Não queria que ela subisse sem ele, mas a conversa estava animada. Benê Silva tinha emendado em outra história, difícil de acreditar. Dizia ter visto uma bola de fogo perto do boqueirão, e que o babalorixá já tinha falado de bolas assim, mas que era a primeira que via. Largando o cabelo de Lígia, Reis disse que ela podia subir sem ele e beijou sua testa. Sentiu que estava mais quente que o normal, mas nada que o alarmasse. Eles tinham ficado muito tempo no sol por conta da canoa. Lígia pediu a bênção a Reis e saiu.

Na manhã seguinte, a luz do sol já estava forte quando ele acordou com o choro do filho. Tinha ido dormir tarde e tão feliz com a graça da canoa que, não fosse o pequeno Alcino chorar, ainda estaria na esteira. Reis se virou para o lado e, para sua surpresa, Lígia ainda estava deitada. Reis se levantou e foi até o filho, que estava no canto da sala ensopado de xixi e cocô. Começou a chamar a atenção da mulher pelo desleixo com o filho, mas, como ela não se movia, pegou o menino e o chacoalhou em cima dela para que acordasse. Lígia respondeu com um pequeno gemido e, nesse momento, Reis se lembrou de sua testa quente na noite anterior.

Com cuidado, quase um pedido de desculpa, tornou a colocar os lábios em sua testa e seu corpo estremeceu:

— Mulher, que está sentindo?

Reis foi até a janela com Alcino no colo e a abriu para entrar claridade. Lígia gemeu ao ser alcançada pela luz:

— Fecha, fecha!

Reis fechou a janela e ficou um tempo imóvel. Precisava cuidar da mulher, mas antes tinha que limpar Alcino e deixar ele com alguém. Tentando não fazer barulho, pegou uma moringa e foi para fora com o filho. Limpou o menino e colocou o short e a blusa que Lígia tinha feito das sacas de café que trouxeram da fazenda e que estavam no varal ao lado da casa. Enquanto vestia o filho, analisou os pontos grossos que costuravam a roupa parda. Lembrou-se de sua mãe no tear. Vinham chefes de vilas vizinhas encomendar roupas com sua mãe. Ela era uma costureira famosa e, na infância, Reis tinha uma vida próspera. Seu pai era primo do chefe da vila e um de seus conselheiros. Quando a vila foi invadida, o pai estava na casa de sua segunda mulher, que estava grávida. Ele só viu o pai lutando de longe e nunca soube o que foi feito de sua segunda esposa e seu futuro irmão. Na vida, alguns pontos são bem-feitos, como os da mãe. As roupas são coloridas, a trama sofisticada. Mas tem vezes que os pontos são brutos. Reis passou os dedos pela costura desajeitada da esposa nas sacas que foram feitas de roupa para o filho. Lígia era uma mulher de força, que dava um jeito para tudo sem nunca reclamar. Obediente, apoiava as suas vontades, mesmo que claramente contrariasse as dela, como a mudança para a prainha.

Reis terminou de vestir Alcino e foi bater na casa de Tomás. Deixaria o filho com Benedita e iria para o mato atrás da semente do jatobá e da erva de Santa Maria. Além do chá, se a esposa permitisse, colocaria uma cruz em seu peito e lhe rezaria ave-marias.

Ao voltar para a casa, encontrou Lígia sentada e com a cara melhor. Isabel estava ao seu lado; tinha trazido uma sopa de marisco e a esposa estava comendo devagar. A casa estava escura e o contraste da luz fez com que tivesse dificuldade em se movimentar.

— Posso abrir a janela?

— Não abra! Pobrezinha, não está podendo com a luz.

Reis se sentou ao lado de Lígia e mostrou as coisas que havia coletado na floresta.

— Vou fazer um chá com tudo isso e amanhã você já estará bem.

Lígia colocou a mão sobre a perna do marido. Ela ainda estava quente, mas pelo menos estava sentada comendo. Logo estaria melhor.

— Depois você pega o Alcino? Quero ficar com ele.

— Pego sim.

Reis acendeu o fogão de lenha improvisado, pois ainda não tinha conseguido ferro para terminá-lo, mas, quando fosse a Ubatuba, ou Paraty, daria um jeito de conseguir, ainda mais agora que tinha uma canoa e não precisava carregar nas costas. Colocou a água na chaleira de barro e jogou as cascas de jatobá dentro. Colocou também a erva de Santa Maria. Enquanto esperava, sentou-se ao lado de Lígia e, com os olhos fechados e a mão em seu ombro, começou a rezar a ave-maria do jeito que sua mãe havia ensinado, não do jeito que se fazia na capela de Dona Maria.

— Compadre chegou, eu vou embora. Depois trago uma mandioca com o coração da bananeira. Você come antes de dormir e amanhã já está boazinha.

Lígia fez que sim com a cabeça e agradeceu. Reis permaneceu com os olhos fechados e a mão no ombro de Lígia.

— Está rezando? – Lígia perguntou com a voz fina.

Reis fez que sim.

— Será mesmo que o Deus dos brancos olha para os pretos?

Reis abriu os olhos e encarou Lígia. Sabia que ela sempre duvidara de seu Deus, mas por respeito não o confrontava. Ele se irritava quando ela falava coisas como essa, diminuindo Deus, Jesus. A última vez que havia dito algo de sua religião, ele lhe deu um tabefe na cara. Depois disso, ela não falou mais nada. Reis achava que era deboche da esposa duvidar que um preto nascido no Congo fosse cristão que nem os homens brancos, mas, ao ouvir a mesma pergunta que ela ousara fazer lá atrás, quando ele lhe deu um tabefe, agora com sua voz fraca e vacilante, Reis conseguiu entender por que ela contestava sua fé.

Lígia nasceu em uma fazenda em Mambucaba. Nasceu livre, pois não era mais permitido escravizar os filhos das pessoas. Seu pai e sua mãe eram escravos, mas ela não sabia nada além disso. A palavra escravo era a única identidade de sua origem. A mãe dizia que seu povo, sua vila, morreu no Atlântico. Que ela era brasileira. Uma escrava brasileira.

O dono da fazenda em Mambucaba era parente de Dona Maria e vendeu a mãe de Lígia quando a Fazenda Picinguaba ainda produzia muita aguardente para ser vendida em Ubatuba. Lígia chegou na fazenda com dois anos. Com sete, teria sua alforria, e sua mãe subtraía de uma cesta pequenos galhos que representavam cada lua que faltava para a filha se tornar uma pessoa livre.

Quando a filha fez sete anos, sua mãe foi falar com Seu Felipe para que providenciasse os documentos da menina, que ela iria embora. "Embora para onde?", Seu Felipe perguntou. A mãe não soube responder. Ele disse que as coisas em Ubatuba já não iam tão bem, que uma menina sozinha em um porto não era boa ideia. A mãe tinha tanta vontade de que a filha fosse livre que nunca se perguntou o que faria com aquela liberdade. Ficou combinado que Lígia passaria a trabalhar na fazenda com um salário e que Seu Felipe providenciaria seus documentos. A mãe de Lígia ainda tentou se apegar ao sonho de que com o salário comprariam sua alforria e iriam morar juntas em Ubatuba, vivendo de lavar a roupa dos tripulantes das embarcações.

Quando Dona Maria morreu e todos os escravizados ficaram livres, Lígia falou da mãe. Ela não tinha sobrevivido para viver esse dia. Seu sonho era ser livre, mas, ao perceber que para um preto ser livre poderia ser até pior que a escravidão, sua saída foi se fechar dentro de si até morrer.

Lígia, colocando a mão quente sobre Reis que ainda rezava, pediu para ele pegar um saco que guardava atrás da esteira em que dormiam. Era o dinheiro que tinha guardado nos anos que trabalhou para Dona Maria.

— Guarde agora você. Aqui a gente teve de tudo. Esse dinheiro eu achava que ajudaria na alforria de minha mãe, mas ela foi antes. Continuei guardando para comprar a sua, mas não precisou. Use ele para comprar mais uma canoa. Compre rede. Você tem razão, no mar está o sustento do nosso povo.

— Descansa, mulher. Amanhã a gente fala disso. Eu vou lá pegar o Alcino.

Reis se levantou sentindo as pernas fracas. Disse à esposa que tinha ficado sentado de mal jeito, mas sabia que era a agonia de vê-la assim que o fazia fraquejar.

Lígia ficou sentada brincando com o filho até anoitecer. O menino dormiu ao seu lado e, depois de comer um pouco da mandioca com o coração da bananeira que Isabel trouxe, Lígia também adormeceu.

— Chame a gente se ela não melhorar — Isabel falou da porta da casa.

Reis olhou para Lígia e disse que tudo ficaria bem.

O cruzeiro-do-sul já estava alto quando Lígia acordou gemendo. Estava sentindo fortes dores de cabeça. Reis precisava ajudá-la, pois não estava suportando. Ele tentou dar-lhe um pouco mais do chá, mas ela vomitava a cada tentativa. Reis pensou em chamar Isabel e Benê Silva. Talvez ele tivesse aprendido algo com o babalorixá que pudesse aliviar suas dores, mas, a cada tentativa de deixá-la, ela o agarrava com mais força. Reis passou a noite ao seu lado, vendo Lígia suar e se contorcer de dor. Desesperado, rezava para si a ave-maria, mas ela talvez tivesse razão: o Deus dos brancos não olhava para os pretos.

Quando a primeira claridade do dia entrou pelas frestas da casa, Lígia começou a delirar. Chamou pela mãe, por Dona Maria, por Reis. Quando Isabel chegou para trazer mais comida, a força de Lígia já tinha ido embora e, prostrada na cama, ela falava palavras esparsas e sem sentido. Isabel olhou para Reis com pesar. No olhar de Isabel, ele entendeu que Lígia morreria. Pediu então que Isabel levasse o filho. Assim que saíram, no colo do marido e girando a cabeça em círculos desconexos, Lígia teve um espasmo forte, abriu os olhos e, depois de tremer o corpo, morreu.

Reis ficou muito tempo com a mulher morta em seus braços. Não rezava mais, nem mesmo sabia se estava vivo ou se tinha morrido com ela. Só quando seus braços começaram a fraquejar com o peso do corpo voltou a si. Deitou-a com cuidado na esteira e começou a retirar sua roupa, que estava suja de vômito, suor, fezes e urina. De perto, só conhecia três mortes: a de Seu Felipe, a de Dona Maria e a de seu pai, que morreu com uma lança enfiada no peito enquanto ainda tentava matar mais um. Um gigante que cai na terra em uma dança de força. Nenhum dejeto, apenas o brilho do sangue fresco esguichando. Morrer assim, de doença, era assustador. Ainda com os olhos arregalados, o coração ofegante e as mãos trêmulas, Reis terminou de tirar a roupa da mulher e se deitou ao seu lado. Ao menos não sentia mais dor. Acariciando a cabeça da esposa, indagou qual seria o seu ritual de morte. Não sabia nada de sua origem, mas era claro que não poderia ser sepultada nos preceitos do cristianismo. Será que depois que a gente morre faz diferença o que é feito com nosso corpo? Seu pai ficou largado no chão, tendo apenas o próprio sangue para velar seu corpo. Já Dona Maria teve uma última vontade, descansar ao pé do jatobá. E Lígia, para onde iria Lígia? Seu corpo ainda trazia algum resquício de menina, mas também tinha curvas definidas de mulher. Seus seios ainda estavam cheios de leite, e Reis, nas horas adiantadas da noite, adorava imitar seu filho mamando, não pela vontade de se alimentar, pois, por mais que chupasse, nunca conseguia extrair uma gota deles, mas porque, mamando em sua esposa, o mundo todo se acomodava naquela pequena casa de pau a pique que eles tinham construído juntos, onde podiam se amar, comer e trabalhar com a liberdade que a mãe de Lígia anunciava desde o nascimento da menina.

Os seios dela estavam ali, ao seu lado, encostando em seus braços. Reis se levantou, pegou a moringa de água e se ajoelhou. Com um pedaço de pano úmido, começou a limpar o corpo da esposa. Primeiro, a axila, escura com a densidade de pelos que a cobria, a mesma densidade de seu ventre, ainda melado das secreções da morte. Reis limpou entre suas pernas meticulosamente. Sabia que eram os últimos odores que sentiria da mulher, então demorou-se em cada parte de seu corpo. Quando estava limpa, foi pegar o óleo de coco que Lígia usava comedidamente em sua pele e na de Alcino. Com um grande bocado na mão, começou a lambuzar as pernas de Lígia, seus braços, seu torso. Por último, seus seios. Ficou massageando cada um deles, uma fonte de vida que agora se decomporia nas leis de Deus. Com o óleo, Reis tirou do corpo da esposa o cheiro e a opacidade da morte. Lígia agora brilhava no esplendor de seus dezesseis anos.

Faltava agora o cabelo. Com os dedos, pois não achou seu pente, Reis fez um penteado semelhante ao de sua mãe, como ela fazia quando ainda era uma importante costureira e se arrumava para começar a tear. Lígia, que não tinha passado, que não sabia de onde vinha e que crescera ouvindo que sua origem era a escravidão, seria enterrada como uma rainha quicongo. Ou brasileira. Tanto fazia. Pelo menos em morte, ela viveria a sua realeza.

Assim como viu Juliana fazer com Dona Maria, Reis foi pegar sua melhor roupa, a que ela havia comprado com suas economias e que, sem ele saber, o fizera apenas para conquistá-lo. Reis conhecia apenas a versão do povo, que contava que, quando o caixeiro-viajante chegou na fazenda, quem tinha algum dinheiro comprou coisas necessárias, como uma faca ou pente. Lígia foi a única a se preocupar em comprar algo belo, e ficou um falatório entre os pretos de que fosse leviana.

Reis ficou olhando as cores do tecido. Lembrou-se da primeira vez que a viu com aquelas roupas, sem saber que tudo aquilo — o tecido, sua paixão, a vida a dois — tinha sido um plano orquestrado por Lígia, a menina que nascera livre e por isso orquestrava a própria vida.

Reis pensou que o certo seria reaproveitar aquele tecido para fazer roupas para Alcino em vez de deixar apodrecer embaixo da terra. Mas o que importava o certo? Lígia tinha morrido. Por acaso isso era certo?

Depois de colocar sua roupa e sentá-la em um canto da casa, ele saiu para avisar Isabel que Lígia tinha morrido.

O filho foi o primeiro a entrar para se despedir. Com apenas dois anos, o menino não entendeu que a mãe tinha morrido, mas fez o que seu pai mandava e beijou sua mão.

Isabel e Benê Silva estavam logo atrás, com seus dois filhos. Tomás e Benedita chegaram em seguida com os quatro filhos.

Reis disse que agora Lígia era uma rainha e só então começou a chorar. Os compadres viram que ele não tinha mais como lidar com aquilo e, a partir dali, se ocuparam com o enterro da menina.

1887
BENÇA PARA MEU POVO

~~ 4 ~~

A vida continua. Era a frase que Reis repetia toda manhã. Ele viu o pai morrer, sua vila ser destruída, seu povo escravizado. Foi arrancado de sua mãe sem se despedir. E nada doeu mais do que a morte de Lígia.

Quando Lígia chegou na fazenda, ela tinha apenas dois anos. Ela morava na casa dos escravizados e ficava com a mãe no roçado. Reis ainda estava trabalhando na casa-grande, então, se tinha visto a menina, nunca havia reparado.

A primeira lembrança que tinha de Lígia era dela vestida com as roupas mais alvas de todos os escravizados e sua mãe dizendo que era uma pessoa livre. Eles estavam na praia, em uma das folgas que Seu Felipe concedia, quando todos os trabalhadores da fazenda, escravizados ou não, desciam até o mar para nadar, pescar e festejar. A mulheres ficavam nas sombras das araçaranas enquanto homens e meninos pescavam os robalos graúdos no deságue do rio. Depois, assavam o peixe. Assavam também ostras, caranguejo, palmito e bananas. Um português que trabalhava como contador da fazenda pegava o bandolim, os outros, o atabaque, e a festa ia até tarde. Eles não podiam beber a aguardente da fazenda, mas o mucungo era liberado, e a animação ia noite adentro.

Naquela tarde, Reis reparou mais na mãe de Lígia dizendo que tinha estendido a gravidez por doze fases da lua para a filha nascer depois da Lei do Ventre Livre do que na própria menina. E talvez por ter sido anunciada como uma pessoa livre, Reis nunca mais reparou em Lígia. Eles tinham condições diferentes, viveriam destinos diferentes. Mas Lígia notou Reis logo que percebeu que gostava da vida na fazenda e que não queria ir embora, a despeito dos sonhos de sua mãe. Por isso, logo depois que seu sangue borrou a calcinha, usou parte do dinheiro que conseguiu juntar para comprar as roupas coloridas. Queria que Reis reparasse nela. Agora era uma mulher e não seria mais sua mãe que escolheria seu caminho.

Depois que Seu Felipe morreu, Dona Maria passou a conceder todos os domingos para descanso. Lígia estreou sua roupa nova em um desses dias. Ao vê-la andando pela trilha, com uma cesta na cabeça e seus tecidos coloridos cobrindo o corpo, Reis foi transportado à sua infância. Sentiu saudade de sua mãe, das noites em que dormiam abraçados. Ao mesmo tempo, ficou rígido à medida que Lígia balançava os quadris.

Enfeitiçado, depois de chegarem à praia, passou o dia rodeando a menina à espera de qualquer coisa que precisasse. E ela, claro, pediu ajuda para tirar o nó da corda que amarrava o seu cesto, para descascar a cana que queria chupar, para tirar de seu pé um pedaço de concha que havia entrado enquanto dançava na areia. Ajuda para pular as pedras do rio ao retornar à fazenda, o que ela sempre fazia por conta própria.

Se antes mal a notara, em menos de um dia ela passou a ser o seu mundo.

E agora Lígia não existia mais.

A vida continua.

Eram as únicas palavras nas quais Reis conseguia se agarrar nas luas que seguiram sua morte.

A canoa que tinha aparecido, quando ia para o mar voltava vazia. Um dia, Tomás saiu nela para pescar detrás da costeira. Não achava possível que na praia pudessem pegar peixes tão graúdos e que do alto-mar não viesse nada. Benê Silva e Reis ficaram trabalhando na roça de feijão. Trabalho duro naqueles dias quentes de sol.

Reis e Benê Silva estavam terminando de semear o feijão quando Tomás subiu o morro correndo. Havia visto ao longe, detrás da Ilha Comprida, um grande barco ancorado. Chegou a pensar em se aproximar para fazer contato, mas o medo o fizera correr na direção contrária. Reis e Benê Silva deram de ombros. O único barco grande que assustou Reis foi o que o trouxe de Cabinda. Benê Silva e Tomás tinham nascido no Brasil, filhos de brancos com negros. De barco grande, só conheciam aqueles que ancoravam na baía de Ubatuba e que, ao invés de amedrontar, os enchia de encanto. Sem se importarem com o rosto alarmado de Tomás, eles perguntaram se ele tinha conseguido pegar peixe graúdo. Ele balançou a cabeça.

— Aiaiai — foi tudo o que disseram, e os três homens pegaram a trilha para a casa onde descansariam do longo dia.

Na manhã seguinte, pouco depois de o sol mandar seus primeiros raios por detrás do morro, os três companheiros já estavam de volta na trilha para o roçado de feijão. Ao longe, ouviram o pio de macuco, quebrando o silêncio. Benê Silva perguntou se podiam ir para o mato caçar naquela tarde, que estava querendo parar um pouco com o roçado. Os outros dois gostaram da ideia. Desde a morte de Lígia, um certo abatimento havia caído sobre todos, e até a lida com a terra, coisa que faziam sem contestar, passou a ser penosa. O macuco seguiu piando cada vez mais próximo e Benê Silva estava dizendo que aquilo era um aviso de que a caça seria boa, quando Tomás, com um urro de surpresa, apontou para a entrada da baía da prainha. O mesmo barco que vira ancorado na ilha se aproximava. Reis e Benê Silva entenderam por que Tomás ficou assustado: era um barco diferente de tudo que já viram. Não tinha bandeira, era muito velho e, apesar de não ser grande, pelo tamanho das velas, via-se que era para grandes travessias.

Os três homens se olharam perguntando o que fazer. Descer até a praia e falar com os tripulantes ou pegar a família e se esconder no mato até o barco ir embora? Armas para lutar não tinham. Também não tinham certeza de que seria preciso ter luta. Quem sabe era apenas um barco velho à procura de refúgio. Ficaram debatendo o que fariam, quando o pio do macuco ficou ainda mais forte. Benê Silva, lembrando-se do babalorixá, disse que o macuco estava avisando que deveriam ir para o mato. Sem contestar, os três homens correram para suas casas e disseram para as mulheres que enchessem os cestos de peixe seco e farinha. Que colocassem também as facas, as lamparinas e os pertences mais importantes. Que pegassem as crianças. Eles tinham que fugir para o mato até verem o que queriam aqueles invasores.

Em sua casa, Reis catou as poucas coisas que ficaram de Lígia e o dinheiro que a mulher escondia debaixo da esteira. Alcino estava na casa de Isabel, então correu para pegar o menino.

O grupo já estava no alto no morro quando viu um pequeno caíco conduzido por quatro homens se aproximando da praia. Daquela distância, a única coisa que conseguiam distinguir é que eram homens brancos, vestidos com muitas roupas e chapéus. Reis pensou na canoa. Se fossem realmente ladrões, piratas como o povo dizia, tudo estava perdido. Tinham tão pouco para sobreviver, como fariam sem esse pouco?

Isabel perguntou se iriam até a fazenda para se refugiar. Eles pararam então para debater. Até lá seria uma boa caminhada, ao mesmo tempo, as crianças poderiam dormir nas casas da fazenda em vez de dormir no meio da floresta. Mas os três homens não queriam sair de perto da prainha. Havia pontos no morro em que conseguiriam vigiar os forasteiros.

Depois de dúvidas e considerações, ficou decidido que Reis acompanharia as mulheres e crianças até a fazenda, assim levaria Alcino no colo, e que os outros dois homens ficariam ali. Como não daria para ir até a fazenda pelo caminho da praia, teriam que andar pela mata fechada, e isso levaria mais tempo com tanta criança pequena e cestos para carregar. Reis só voltaria na manhã do dia seguinte e, conforme fosse, ou iriam para a fazenda para ficar por lá ou trariam as famílias de volta — caso os forasteiros já tivessem partido.

No dia seguinte, antes mesmo de o sol sair, Reis já estava adiantado na trilha voltando para a prainha. Seu coração estava ainda mais pesado do que no dia anterior. Chegar na fazenda e contar a todos sobre a morte de Lígia reanimou a dor que ele tentava manter quieta.

Andando na trilha, ele concluiu que seu último dia de alegria foi quando o mar trouxe aquela canoa. Com ela, veio a doença de Lígia e, agora, esses invasores. Reis estava ansioso para encontrar Benê Silva e Tomás e ter notícias do que havia ocorrido. Que fossem homens bons, não daqueles que aportavam na praia e saqueavam tudo que podiam. Os pretos que vieram com a mãe de Lígia de Mambucaba contavam que numa tal de Ilha Grande piratas se escondiam para saquear os barcos carregados de ouro que saíam de Paraty. E que quando atacavam um povoado eles roubavam tudo e ainda colocavam fogo nas casas antes de partir. Que Deus lhes protegesse.

Não precisou trocar nenhuma palavra com Tomás e Benê Silva ao encontrá-los sentados em uma pedra. Os invasores eram realmente piratas. O próprio Reis viu, na primeira clareira da mata que permitia que avistasse o mar, os homens carregando o barco com as sacas de fava, café e farinha. Tomás e Benê Silva haviam aberto um clarão em frente à pedra para ver melhor. Reis se sentou ao lado dos dois. Benê Silva disse que não poderiam mais matar macuco até o próximo inverno, pois os avisara que o certo era se esconder.

— E os balaios de peixe? — perguntou Reis.

— Já estão no barco.

— A canoa também?

— A canoa não, está lá na areia. Tem dois homens lá. Talvez eles levem.

— Que levassem só a canoa...

Em silêncio, ficaram sentados observando. Quando os piratas acabaram de passar para o barco tudo o que traziam, três homens, com a ajuda de outros que estavam na popa, entraram na embarcação e puxaram o caíco.

— Vão embora?

— Parece.

— Mas e os dois homens que ficaram na praia?

— Será que vão embora na canoa?

Depois que viram o barco virando o boqueirão e desaparecendo, os três se entreolharam. O que fariam agora? Dois homens ainda estavam na praia. Ficaram para vigiar e depois o barco voltaria para tomar a prainha de vez? Benê Silva argumentou que, se tinham carregado toda a comida, o mais provável é que não voltariam. Ele queria ir até a praia falar com eles, aparentemente não pareciam armados. Mas eram suposições, e a indecisão fez com que os três ficassem sentados por um longo tempo. Por fim, decidiram que iriam até a praia, mas só Benê Silva iria aparecer. Tomás e Reis ficariam escondidos e, se fosse necessário, pegariam os invasores de surpresa com seus facões.

Desceram o morro em silêncio profundo. Reis caminhava devagar, perdido em seus pensamentos. Quando alcançaram a praia, Benê Silva se aproximou dos homens. Eles estavam amarrados no tronco de um maricá, semiacordados. Reparou em suas roupas estranhas e seus rostos machucados. Poderiam até ser perigosos, mas, no estado em que estavam, eram inofensivos.

Benê Silva foi até eles para se certificar de que não estavam armados, e fez um gesto para que Reis e Tomás se aproximassem. Eles fediam. Suas roupas, pesadas e escuras, eram diferentes de tudo que já tinham visto. Pelas escoriações em todo o corpo, deviam ter apanhado bastante. Quando enfim notaram a presença dos três amigos, começaram a suplicar em uma língua que eles não entediam. Benê Silva tirou a faca da cintura e cortou as cordas que os prendiam. Eles desabaram na areia, e um colocou a mão na garganta.

— Água — disse Tomás. — Eles precisam de água. — E foi pegar a cabaça da canoa para encher no córrego. Juntos, levantaram cada um dos forasteiros e os ajudaram a beber. Foi necessário encher algumas vezes a cabaça até que eles se sentissem saciados. Os forasteiros recomeçaram a falar, mas nem Reis nem Tomás sabiam que língua era aquela. Benê Silva arriscou que era francês.

— Isso não é francês — disse Tomás. — Eles são muito brancos. Olha a cor do cabelo. Será que são ingleses?

— E inglês é tão branco assim?

— Não sei.

— Eu também não.

— Não tenho ideia de onde são, mas sofreram bastante até chegarem aqui. Vamos tirar os homens desse sol e pôr em casa até as mulheres voltarem.

— Será que são perigosos?

— Estão mais para morrer do que fazer algo ruim.

— Vamos esconder as foices e andar com o facão enquanto estiverem aqui.

— Eles podem ficar na minha casa — disse Reis.

Benê Silva sinalizou com gestos que os levariam para que descansassem, e os três homens ajudaram os forasteiros a se levantar e a caminhar até a casa de Reis, onde os deitaram nas esteiras. De comida, eles só tinham o pouco que traziam nos cestos que levaram para o mato. O resto, suas reservas, o barco tinha levado.

Reis foi pegar um pouco de banana para que os dois comessem, mas, quando voltou, já estavam dormindo. A casa estava impregnada com o odor dos homens. Com náusea, saiu.

Reis, Tomás e Benê Silva estavam sentados na praia. Agora, era preciso recomeçar. Farinha já não tinham mais, mas poderiam pedir um pouco na fazenda quando viessem as mulheres e as crianças. Só Benê Silva e Tomás que falavam. Faziam cálculos de quantas luas seriam necessárias até que crescesse o feijão que tinham roçado. O pouco sal que tinham não daria para secar muito peixe. E o café só daria em muitas luas. Sim, teriam que recomeçar. Ao menos a canoa ainda estava lá. De repente, enquanto Benê Silva e Tomás debatiam, inclusive sobre a necessidade de terem uma arma de fogo para se proteger de piratas, pois estavam certos de que aquilo eram piratas, Reis se levantou em um rompante e começou a juntar os galhos e as folhas secas que estavam ao seu redor.

— O que você está fazendo? — perguntou Benê Silva.

— Uma fogueira.

— Mas para quê?

Sem responder, Reis continuou a empilhar os galhos. Quando já tinha uma boa quantidade, colocou na canoa e, após esfregar com rapidez duas pedras sobre um galho seco, fez fogo dentro da embarcação. Benê Silva e Tomás deram um salto:

— Mas o que é isso? Está luado?

Tomás começou a jogar areia no fogo, mas Reis o segurou. Ele tentou se soltar, e Benê Silva, depois de um momento de dúvida, ajudou a contê-lo.

— Talvez Reis tenha razão.

— Não, a canoa é uma bênção que veio do mar!

— Essa canoa só trouxe coisa ruim. Primeiro foi a doença de Lígia, depois esses homens que vieram roubar nossa comida. Nem peixe a gente pega com ela. Ela vai queimar com tudo de ruim que trouxe.

— Ele tem razão. Você mesmo foi o que mais insistiu em pegar peixe com ela, e a única coisa que trouxe foi a visão desses piratas ancorados na ilha de trás.

Reis foi até o fogo e ajeitou os galhos para que a chama fosse ainda maior. Ao se certificar de que a fogueira era suficiente para consumir a grossa madeira, voltou até os dois amigos e disse com a voz calma:

— Eu vou lá pegar nossas famílias de volta. Vocês olham esses homens e ajeitam as coisas por aqui. Vou acompanhar as mulheres até o canto da praia, depois vou seguir para Paraty. Vou pedir uma missa para nosso povo. E depois trago uma rede e uma canoa nova. Deus tem que abençoar nosso povo. É assim que se funda um povoado, pedindo bênção de Deus.

— Mas vai comprar uma rede e uma canoa como?

— Eu tenho um dinheiro que Lígia deixou. Deve ser o suficiente.

Os três homens ficaram imóveis vendo o fogo lutando para conseguir entrar na madeira da canoa. Reis disse que ficaria ali até ver aquela maldição transformada em cinzas.

— Você vai passar a noite aqui...

— Melhor dormir aqui do que em casa. O cheiro daqueles homens é outra maldição. Se forem ficar, eles têm que aprender a se lavar. E jogar aquelas roupas fora.

— Deixa eles descansarem. Depois veremos o que fazer com eles.

— Podem ir então. Daqui eu vou seguir meu caminho. Cuidem do Alcino.

Como Benê Silva tinha previsto, só no dia seguinte a canoa desapareceu de vez. Reis passou a noite ao lado, cuidando do fogo, e quando só havia uma mancha cinza na areia e pequenas brasas incandescentes que iluminavam os últimos suspiros da noite, pegou um pedaço de peixe seco que restava em seu cesto, encheu a moringa de água e partiu.

≈

Apesar de ter chegado no Brasil por Paraty, Reis não conhecia a cidade. Seu desembarque havia sido de noite, na chuva, turvado pela tristeza de ser apartado de sua mãe. Então, depois de caminhar por horas na trilha do Corisco, que ligava a fazenda de Dona Maria a Paraty, Reis ficou surpreendido com o tamanho da cidade.

Ubatuba, que o impressionara, podia ser considerado um pequeno povoado perto de Paraty. A cidade era composta de muitos sobrados que se avizinhavam em ruas paralelas revestidas de pedras. As portas e as janelas das casas eram de um colorido desbotado e as paredes conservavam um pouco do branco alvo da cal. Reis se lembrou da sede da Fazenda Picinguaba, de como foi perdendo seu esplendor à medida que a fazenda foi decaindo. Não fossem as igrejas, tão grandes e conservadas, Reis diria que Paraty também estava em decadência, mas era só ver a imponência da igreja perto do rio para mudar de opinião.

Ele ficou rodando pelas ruas sem rumo, observando o ir e vir dos pretos, das carroças, dos homens brancos e de algumas senhoras em suas liteiras. Por isso que Dona Maria, quando podia, saía da fazenda e vinha passar um tempo em Paraty. Tudo era diferente do dia a dia que viviam na fazenda. Em vários sobrados funcionavam armazéns ou outro tipo de comércio na parte baixa. Até loja de tecido existia. Reis pensou em Lígia. Se ainda fosse vivia, traria a esposa ali, e ela escolheria um tecido ainda mais colorido do que aquele com que havia sido enterrada.

Depois de horas caminhando, reparando em detalhes dos sobrados e nas pessoas que circulavam pelas ruas de pedra, Reis se deteve apenas nas igrejas. Na da beira do rio, com certeza a mais importante, só era permitida a entrada de homens brancos. Pertinho havia outra, com vista para a praia, mas no tempo em que ficou observando não viu nenhum preto entrar. Reis seguiu então por uma rua que estava começando a se encher de água do mar. No final dela, deparou-se com uma rua cheia de pretos. Algumas mulheres vendiam doces em tabuleiros, homens carregavam mercadorias em balaios, tinha até preto vestido que nem branco e passeando a cavalo. Em um cruzamento da rua, tinha uma igreja de uma torre onde pretos entravam e saiam. Alguns usavam roupas de branco, mas a maioria estava descalça e vestindo roupas puídas como a dele. Criando coragem, foi até lá e, depois de esfregar o pé na parte de fora para tirar um pouco da sujeira, entrou.

Sua primeira sensação foi de que a igreja era mais grandiosa por dentro do que por fora. O altar, azul e dourado, era a representação ideal do céu. No centro do altar, uma santa com as mãos estendidas convidava-o a se aproximar. Reis titubeou, mas, vencendo a hesitação, andou alguns passos e se sentou no canto esquerdo da nave. Ao olhar para o lado, sorriu. São Benedito estava ali, no meio do altar lateral, emoldurado por entalhes dourados e azuis e tão preto quanto Reis. Na capela de Dona Maria também tinha uma imagem do santo, mas nela São Benedito era mulato.

Ao se ajoelhar diante dele, Reis se emocionou e começou a orar. Primeiro por Lígia, depois por sua mãe, seu pai e todos aqueles que fizeram parte de sua infância no Congo. Depois, orou por Dona Maria. Acabadas as orações, pediu proteção para seu povoado, desculpando-se por não ter solicitado antes a permissão de fundar um novo lar.

Depois de feitas as preces, Reis foi procurar o sacristão. Queria encomendar uma missa para seu povoado. O sacristão, um homem pardo que falava muito baixo e tinha gestos de homem branco, disse que ele podia assistir à missa que acontecia todas as tardes e acender uma vela com seu pedido de graça, porque para encomendar uma missa era necessário pagá-la. Reis disse que não tinha problema, que ele tinha dinheiro. Vendo sua cara de incrédulo, Reis mostrou o saco em que trazia as economias de Lígia. O sacristão perguntou então por que ele não comprava sapato, já que tinha dinheiro. Reis achou engraçado ele se preocupar com seus pés descalços. Talvez sapatos tivessem importância em uma cidade como aquela, cheia de sobrados e igrejas, mas em toda sua vida Reis nunca tinha se preocupado com isso. Explicou isso ao sacristão, que o olhou com compreensão:

— O padre pode rezar sua missa amanhã pela manhã. Chegue cedo, uma hora antes, para falar com ele.

Reis agradeceu e fez questão de deixar a missa paga. Depois, foi até o altar agradecer São Benedito e, quando saiu da igreja, já era quase noite.

No fim da tarde, o movimento nas ruas era ainda maior, todos correndo para aproveitar os últimos momentos de claridade antes de se recolherem em suas casas apinhadas. Reis nunca tinha visto tanta gente junto. Cavalos, mulas e carroças iam e vinham com dificuldade pelas ruas de pedra, que àquela hora cheiravam a urina e fezes. Muitos pretos passavam com cestos e balaios, e outro tanto parecia andar sem rumo. Algumas ruas tinham sido invadidas pelo mar.

Talvez fosse melhor voltar para o mato para passar a noite, Reis pensou, depois de ver que muitos cantos da cidade já estavam tomados por pessoas que certamente pernoitariam por lá. Apesar de todo o comércio, das ruas cheias e dos barcos no porto, Reis teve a mesma sensação de quando visitou Ubatuba pela segunda vez. No entanto, lá a decadência era evidente. Em Paraty, não era possível afirmar se viviam um período de glória ou declínio.

Reis estava caminhando para a mata que ficava no canto de uma baía calma quando se deparou com uma roda de pretos na areia. Eles estavam trabalhando em uma rede de pesca e Reis se aproximou para observar a maneira que teciam os fios da malha. Os quatro homens movimentavam as agulhas com destreza enquanto conversavam. Assim como ele, nenhum usava sapato, e com um gesto perguntou se podia se aproximar. Um dos homens assentiu e Reis se postou ao seu lado, observando. Eles tinham um jeito diferente de fazer o ponto, um jeito que deixava a malha fina.

— Para que serve essa rede?

— É a rede do cerco.

— O que é um cerco?

— Não sabe o que é um cerco?

Reis fez que não e o homem achou graça.

— A gente faz um círculo no mar com a rede e deixa ela lá. O círculo tem entrada para o peixe, mas não tem saída. Quando a gente volta para pegar a rede, o peixe está dentro.

Reis ficou admirado. A rede ficaria trabalhando enquanto cuidavam do roçado, por exemplo. Ele, Tomás e Benê Silva teriam muito mais tempo para a roça e outras benfeitorias se não precisassem mais ficar tanto tempo pescando.

— Vocês precisam de ajuda?

O homem, que parecia ter a mesma idade de Reis e que tinha a pele tão preta como a dele, respondeu contrariado que não poderia colocar mais gente para trabalhar porque o dinheiro era pouco.

— Primeiro o ouro não veio mais para cá, depois, o café. Desde que colocaram esse trem do interior para a capital, essa cidade ficou assim, muita gente sem trabalho. Preto nem quer mais ser alforriado porque não tem o que comer. Ainda tem os alambiques, mas não tem trabalho para todos.

— Não, eu não quero dinheiro. Só quero aprender isso que vocês fazem. Eu ajudo no que puder, e vocês me ensinam.

— Você é alforriado?

— Sou sim.

— É de onde?

— Perto de Ubatuba.

— As coisas também não andam boas para o lado de lá, não é?

Reis concordou com a cabeça.

— É, que nem aqui.

— Mas aqui está muito melhor. Aqui tem muita loja, muita gente, cavalo. Quatro igrejas! Ubatuba não tem tudo isso não. Quando eu cheguei era um lugar cheio de gente, mas agora, se você for lá, mal vê gente na rua. Os sobrados então vazios. Nem comércio tem direito…

— E o que você faz por lá?

— Não moro em Ubatuba, não. Moro em uma praia distante. Trabalho na minha terra. Pesco. Eu e mais duas famílias. A gente era escravo, mas depois que a senhoria morreu ela nos deu a liberdade e um pedaço de terra.

— Você pesca como?

— A gente pesca de linha, mas apareceu um barco de fora, com uns homens que falavam uma língua diferente. Eles levaram tudo. E nossa comida…

Nessa altura, os quatro homens, sem parar de costurar a rede, se entreolharam com pesar.

— Você pode se juntar a gente sim, mas agora vamos parar que a luz está pouca. Amanhã, no primeiro canto do galo, a gente vai para o mar colocar a rede. Esteja aqui que a gente te leva junto.

— Demora?

— Coisa rápida. Em três quartos de hora estamos de volta.

— Está bem. Não posso me atrasar porque encomendei uma missa cedo.

— Você é um preto engraçado. Encomendou missa por quê?

— Para pedir bênção para o meu povo. Você sabe de um lugar que eu posso passar a noite?

— Se quiser, pode dormir aqui na canoa. Quando a gente chegar, você ajuda a colocar na água.

Reis agradeceu.

— Você está com fome?

— Um pouco.

— Qual seu nome?

— Reis.

— O meu é Cícero. Amanhã trago um pouco de farinha e banana para você. Preto ajuda preto. Tem que ser assim.

≈

O dia estava começando a clarear quando as duas canoas chegaram em um canto da costeira onde uns pedaços de bambu boiavam. Cícero explicou que eles davam sustento à rede, então a amarrariam ali. Do lado virado para o alto-mar, ficava a entrada para o peixe. Uma vez lá dentro, ele não conseguia sair. Tinha dia que o cardume que entrava era tão grande, com tanto peixe, que eles tinham que devolver um bocado para a água porque não caberia nas canoas. Explicou também que em dia de virada de mar eles tinham que recolher a rede, pois o mar revolto poderia levá-la. Reis ficou atento a tudo. Se conseguisse fazer isso na prainha, eles pegariam tanto peixe que poderiam começar a vender ele seco em Ubatuba.

Quando voltaram para a praia, Reis perguntou se poderia ir no fim de tarde para pegar a rede. Ficou combinado de se encontrarem por ali.

Daquele canto calmo da baía, Reis correu para a igreja de São Benedito, receoso de estar atrasado. Correu tanto que, quando entrou na nave, teve que ficar um tempo recuperando o fôlego para conseguir falar. O padre estava avisado que viria e mandou que se sentasse para conversarem.

Reis disse que precisava daquela missa e que estava feliz que um homem com sua cor iria rezá-la. O padre disse que também ficava feliz em rezar uma missa para alguém da sua cor, mas que, antes, queria saber a sua história. Reis, comovido com o jeito atento com que o padre o olhava, fez um resumo de sua vida que nunca tinha feito nem para si. Começou com sua infância no Congo, o tumbeiro que os carregou pelo mar, a despedida da mãe e a dor dos primeiros meses. Disse da fazenda, de Lígia, de Alcino e de Dona Maria. Falou que agora era um homem livre e que tinha uma terra sua. Sua e de seus companheiros. E que viera pedir a missa para abençoar seu povoado.

— E qual o nome do seu povoado? — o padre perguntou.

Reis olhou para ele surpreso. Nunca havia pensando nisso. Sim, seu povoado tinha que ter um nome. Um nome que trouxesse boa fortuna. E no mesmo instante ele teve a visão de uma canoa cheia de peixes, tal qual Cícero havia lhe falado:

— Picinguaba. O nome do meu povoado será Picinguaba.

Picinguaba na língua indígena queria dizer o refúgio de peixe. Foi José que lhe disse ainda nos seus primeiros dias na fazenda, enquanto lhe ensinava a falar português.

— Esse nome vai trazer boa fortuna e terá a bênção de Dona Maria. É o nome de sua fazenda.

Com o nome, nasceu o sonho. Durante a missa, cada vez que ouvia o padre dizer Picinguaba, uma certeza crescia em Reis: sua missão agora era fazer seu povoado prosperar.

≈

Depois de uma semana ajudando Cícero e aprendendo tudo sobre o cerco, Reis viu que era hora de voltar. A vida em Paraty era cheia de novidade, mas ele tinha um dever. Reis ajudou a colocar o peixe daquela manhã em balaios e depois disse para Cícero que chegara a hora de voltar para seu povoado.

— Preciso comprar uma rede para o cerco e uma canoa. Sabe onde compro?

— A canoa é fácil. Tem um caboclo para os lados de Paraty-Mirim que faz. Eu te levo até lá. Rede a gente vai ter que andar pelo porto perguntando. Vamos lá, eu vou com você.

A rede eles conseguiram com um pescador que tinha desistido do cerco. Como estava precisando de muitos remendos, o velho a vendeu por pouco e Reis comprou o material necessário para remendá-la. Ensinaria aqueles pontos a Tomás e Benê Silva e, em três, logo estaria na água.

Com o dinheiro que sobrou, conseguiu comprar a maior canoa que o caboclo tinha para vender. O caboclo era descendente dos tupinambás e Cícero explicou que eram os melhores canoeiros que existiam. Poucos haviam restado, pois era um povo guerreiro que morreu lutando. Reis não conhecia a história dos tamoios. Eles contaram que foi uma guerra antiga e que durou muito tempo, ali mesmo, entre Ubatuba e a capital. E que havia um líder chamado Cunhambebe que lutou até o fim. Com ele, morreram quase todos os tupinambás.

Reis ficou de conversa e, quando percebeu, já era tarde para partir. Estava ansioso para voltar para seu povoado, que agora tinha um nome, Picinguaba, mas era melhor aceitar o convite do caboclo de comer um jacu e dormir na canoa para partir pela manhã.

Ao recostar na proa, com os pés encostados na rede que ocupava boa parte da canoa, Reis não conseguia fechar os olhos. Levaria de Paraty as melhores lembranças. Foi naquela cidade que tivera o último contato com sua mãe e, ao retornar, não mais no escuro de uma noite chuvosa, e sim em um dia de muito sol, agora como um homem livre, dono de terra e com a missão de cuidar de seu povoado, Reis reencontrou pessoas que, mesmo não vindo do Congo, eram também seu povo.

Cícero era seu povo, o padre era seu povo.

Reis reconheceu em Paraty, mesmo com seus surpreendentes sobrados, comércio e tanta gente pelas ruas, que sua história era muito maior do que o resumo que fizera ao padre. Sua história era sua, mas também de Cícero, do padre e de tantos pretos que, assim como ele, depois de arrancados de suas terras e jogados como animais para o outro lado do oceano, tinham um dever naquele país no qual construíam um novo lar.

Picinguaba. Esse agora era seu dever.

O céu estava sem lua e muitas estrelas cadentes cortavam a noite. Quando enfim adormeceu, acordou com alguém entrando na canoa e dando um pequeno grito ao se deparar com ele. Reis se sentou tentando entender o que estava acontecendo. Na sua frente estava uma moça, que se agachou por detrás da canoa:

— Eles estão atrás de mim! Me leve embora, se o senhor tem coração. Preciso que me leve até Trindade.

Mesmo no escuro, Reis conseguiu ver que a moça se vestia como os brancos, e que tremia. Reis já tinha ouvido falar em Trindade, mas não tinha ideia de onde ficava o povoado. Conhecia muito pouco a região para se aventurar no mar, ainda mais à noite. A moça se ajoelhou, implorando:

— Por favor, me leve para o mar. Só ali não vão me procurar.

Incerto, mas tocado pelo seu desespero, Reis saiu da canoa e começou a empurrá-la para a água. A moça tentava ajudá-lo, mas seu vestido era longo e ela tropeçava a todo instante.

Só quando estavam no meio do mar, sua respiração se tornou menos ofegante.

— Você salvou a minha vida. Qual o seu nome?

— João. João Reis.

— Quando chegarmos em Trindade, darei um jeito de lhe agradecer. Minha tia deve ter algum dinheiro para lhe dar.

Durante toda a noite, até começar a clarear, Reis não remou, apenas ficou atento para que a canoa não encostasse em nenhuma pedra no escuro. A moça estava calada, talvez dormindo. Iria deixá-la logo em seu destino, pois, se tinha fugido de alguém, esse alguém viria atrás de vingança.

Quando pôde por fim distinguir as montanhas na primeira luz do dia, Reis começou a remar. Segundo a menina, Trindade ficava ao sul, que nem Picinguaba, então só tinha que manter o continente do lado direito.

À medida que a luz aumentava, ele conseguia observar melhor a moça, que dormia. Ela se vestia com tecidos caros. Seus pés estavam descalços e machucados. Sua pele era tão branca como a de Dona Maria, e o cabelo, de um dourado escuro. Reis ficou ainda mais aflito de estar com ela, e passou a remar com força em direção ao sul. A ideia era largá-la no primeiro povoado que surgisse, de lá, seguiria por conta própria. Como ela mesmo havia dito, ele salvou sua vida. Agora, tinha que salvar a dele. Se pegassem um preto com aquela menina, acabariam com ele.

Não demorou para que a moça acordasse. O sol havia vencido o morro e seus raios iluminaram seu rosto. Ela coçou os olhos. Reis se manteve concentrado na cadência do remo até ela falar:

— O senhor sabe onde estamos?

— Não, senhorita.

Reis a olhou nos olhos pela primeira vez. Eles tinham a mesma cor do mar quando estava calmo. Nunca tinha visto olhos assim. Do que será que fugia aquela garota? Bem, não era problema seu, desde que se livrasse dela o quanto antes. Remaria com força até desembarcá-la, mas, depois, teria que diminuir o ritmo. O trajeto até a prainha, ou melhor, até Picinguaba, seria longo. Já tinha ouvido que era muito difícil ir de Ubatuba até Paraty, pois tinha que enfrentar o mar aberto. Se para um barco era difícil, imagine para uma canoa com apenas um homem remando. E uma rede de pesca a bordo. E uma moça que nada dizia, apenas pousava seus olhos no mar, que, por serem da mesma cor, Reis não sabia quem refletia quem.

O sol já estava alto quando Reis sentiu fome. Ele tinha um pouco de peixe seco e farinha que Cícero lhe dera. Segundo calculara, daria para o trajeto até Picinguaba. O problema é que agora tinha a menina.

Reis tirou o peixe do cesto e ofereceu um pedaço. Ela demorou para entender que ele estava lhe oferecendo comida. Por fim, pegou o peixe, agradecendo, e tirou um pequeno pedaço que colocou na boca sem vontade. Farinha não quis, mas aceitou ficar com uma das moringas de água que ele havia enchido para a viagem.

Depois de algumas horas remando em silêncio, o continente começou a ficar recortado. Eles foram margeando a costa até começar a sentir o cheiro de madeira queimada. Daí, começaram a surgir pequenos casebres, e mais à frente, pela quantidade de fumaça, Reis concluiu que estavam perto de um povoado. De longe, algumas embarcações ancoradas começaram a surgir. Ficou aliviado que se livraria da menina. Seria ali a vila de Trindade?

A moça dormia com a cabeça encostada na rede.

— Acorda! Chegamos! Aqui deve ser Trindade. Acorda que vou te deixar ali. Até que não demorou tanto.

Sonolenta, a menina começou a abrir os olhos e deu um grito quando olhou para a terra, tentando se cobrir com a rede. Seu movimento foi tão desesperado que a canoa quase virou.

— Não me deixe aqui, eu imploro. Vamos mais para frente. Amanhã a gente chega em Trindade. Aqui eu não posso ficar! Eu imploro!

Reis a olhou desanimado. Queria se livrar dela e seguir seu rumo sem grandes problemas. Se chegassem em Trindade só no dia seguinte, teriam que passar a noite juntos. Com certeza não escaparia dessa.

— Mas passar a noite onde? Se estão te procurando, vão acabar achando a gente.

Não iria dizer que estava com medo, mas nem era preciso, dava para ver que a menina sabia e era grata por tudo que estava fazendo. Depois de pensar um pouco, ela disse:

— Podemos passar a noite um pouco mais à frente, atrás da ilha do Algodão. Ali ninguém aparece. Por favor, tenha compaixão! Serei para sempre grata por tudo que está fazendo por mim e nunca o esquecerei em minhas orações. Trindade fica um pouco mais adiante, amanhã chegaremos lá. Em Paraty-Mirim eu não posso ficar, foi justamente daqui que fugi. Você não pode me trazer de volta.

Sua voz voltara a ter o mesmo desespero da noite anterior. Reis ficou pensativo, remando devagar na direção que ela havia apontado. Se fosse ficar mais um dia com ela, queria saber a sua história e qual o risco que corria.

— Você está fugindo do quê?

— Meu pai me vendeu para um homem que veio em um daqueles barcos grandes que está na enseada. Em poucos dias, eu estaria lá dentro, indo com ele para não sei onde. Me vendeu como esposa e esse homem me levaria embora. Minha mãe me ajudou a fugir.

Agora o desespero não estava apenas em sua voz; seus olhos pareciam dia de mar virado. Reis teve pena da menina.

— Aquela é a ilha de que você falou? Lá tem água?

Ela fez que sim com a cabeça e apontou para um lugar que estava bem adiante deles. Reis pensou que era longe, e que perderia um tempo saindo da rota de Picinguaba, mas como dizer não à menina?

— Ali tem água. Um córrego. Podemos passar a noite na ruína de uma antiga casa. A essa hora ninguém nos verá, mas temos que sair antes do sol.

Reis assentiu com a cabeça e remou com vigor até a ilha. Os olhos da garota só voltaram a se acalmar depois que não era mais possível ver os barcos nem a fumaça dos fogões a lenha.

— Qual o seu nome mesmo?

— João Reis.

— Obrigada, Senhor João Reis. O senhor me salvou de uma vida infeliz.

Nunca uma mulher branca o havia chamado de senhor e era a segunda vez que ela falava assim. Reis ficou encabulado e voltou a remar com força para disfarçar. Assim que conseguiu se recompor, perguntou seu nome.

— Jesuína.

Que nome lindo, Reis pensou.

≈

Reis acordou com os braços doloridos do dia anterior e viu no escuro o vulto de Jesuína aguardando ao lado da canoa. Ele dormiu mais do que o esperado, e a menina, com pena, não quis acordar. Mas, se alguém aparecesse por aquele canto, ela mesma colocaria a canoa na água e sairia remando.

Ao se aproximar da canoa, Reis viu que estava cheia de banana e grumixama.

— Você pegou isso?

Jesuína fez que sim.

— Nasci e fui criada aqui, conheço bem a região.

— Vamos embora então.

Quando o sol nasceu, eles já tinham deixado para trás os vestígios de Paraty-Mirim e tudo que tinham ao lado era mar e costeira.

— Até o fim do dia a gente deve chegar em Trindade. Não posso ficar por lá pois com certeza me acham, mas minha tia me ajuda a fugir para longe. Ela é irmã do meu pai, mas não gosta dele.

— Por que seu pai lhe vendeu?

— Ele vende tudo. Madeira, ouro roubado, escravos, filha. Aquele navio veio de fora. Francês. O comandante do navio gostou de mim, meu pai vendeu. Meu pai é neto de francês. Acha que ter filha indo morar na França é bom. Minha mãe agora é livre. Ele deu a alforria quando eu nasci. Mas isso não mudou nada. Ela continua servindo a família e meu pai, quando ele quer. Ela não queria que eu fosse com aquele homem e me ajudou a fugir. Deus proteja minha mãe!

Reis olhou para a menina, para seus olhos cor de mar. Pensou nos dois homens que o navio havia deixado em Picinguaba. Talvez eles fossem franceses mesmo, pois seus olhos eram parecidos com os da menina.

O dia tinha amanhecido com um leve vento. Não sabia qual era a distância daquele lugar chamado Trindade, mas tinha ouvido falar de lá na fazenda de Dona Maria. Lígia, se estivesse ali, estaria feliz. Ela sempre quis saber como era Paraty e quantos povoados existiam ali perto. Ao mesmo tempo que tinha vontade de conhecer tantos lugares, não queria sair da fazenda. Será que se tivesse ficado por lá teria morrido? Havia sido mesmo a canoa a levar má sorte? Se fosse, agora tinha virado pó. Assim como Lígia.

Reis parou de remar e abriu o cesto que trazia comida. Repartiu com Jesuína mais um pedaço de peixe e, dessa vez, ela aceitou a farinha, que comeu em pequenos montes enquanto protegia o rosto do sol com a outra mão. Depois de comer, passou um cacho de banana e perguntou se poderia dormir mais um pouco. Reis fez que sim, e ela tornou a apoiar o rosto na rede de pesca e cobriu-o com o lenço. Reis comeu todo o cacho e voltou a remar.

Jesuína ainda estava exausta das muitas noites em claro desde que seu pai a vendera. Exausta também do desespero de fugir de casa, do medo de alguém a encontrar. Agora, já estava longe de Paraty-Mirim. No mar, ninguém a encontraria. Mesmo assim, cada vez que fechava os olhos, lembrava-se da imagem do barco que a levaria para a França, do homem gordo e velho para o qual fora vendida. Se não fosse aquele preto, ela certamente teria sido capturada. Ela não tinha dinheiro, mas, se a tia tivesse quando chegassem em Trindade, daria um jeito de pagá-lo.

O calor estava forte e, mesmo cansada, não conseguiu pegar no sono. Por baixo do lenço, começou a reparar em Reis remando. Era quase tão jovem quanto ela, e certamente muito pobre. Sua roupa era tão fina e surrada que dava para ver seus músculos trabalhando enquanto remava. Ela nunca podia ficar tão perto de um homem, observando a força que eles tinham para as coisas da vida. Na casa de seu pai, os homens usavam muitas roupas, e ela não tinha permissão para andar nas roças onde os escravizados trabalhavam. Quando conseguia, acompanhava a mãe até a casa de farinha para ver os homens girarem o torno. Eles usavam apenas calça e o suor iluminava os músculos do corpo. Um dia, viu a mãe encostando em um dos pretos do torno e sentiu que, apesar de tudo, a vida da mãe era melhor que a dela. Seus olhos se encheram de água ao pensar em sua mãe. Ninguém acreditava que fosse sua filha. Ela preta, Jesuína branca como o pai. Loira como o pai. Olhos em conta como o pai. Quando vinha alguém de fora, era tida como sua ama de leite e o pai não gostava que dissessem o contrário. Seus meios-irmãos a tratavam bem, até a sinhá gostava dela, e todos tinham o pavor ao patriarca em comum.

Agora estava livre do pai. Livre de se dizer filha ilegítima, livre de não poder chamá-la de mãe. Sentiria saudade. Mas saudade passa. Melhor do que entrar em um barco com um homem velho e mau cheiroso.

Desistindo de tentar dormir, Jesuína tornou a se sentar na canoa:
— O senhor quer mais banana?

Reis fez que não com a cabeça, mantendo o ritmo da remada:
— Sabe se Trindade é depois daquela ponta?
— Não sei, senhor. Me desculpe.
— Mas você vai saber quando chegarmos lá?
— Sim, pois é o único povoado depois de Paraty-Mirim.
— Tem Ubatuba também. E Picinguaba.
— Ubatuba já ouvi falar, mas Picinguaba nunca.

Por enquanto, Reis pensou. Jesuína passou as mãos pela água do mar.

— Está frio. Quando o mar esfria, é porque vai mudar o tempo.

Reis olhou para o horizonte. Não havia nenhuma mancha escura no céu, só um pouco de vento. Porém, assim que passaram a ponta de terra que entrava pelo oceano e que no começo do dia parecia tão longe, o mar ficou revolto. A canoa subia e descia ondulações acentuadas. Jesuína colocou seus dois grandes olhos em Reis:

— Aqui deve ser a Ponta da Joaquina. A gente diz em Paraty-Mirim que a Ponta da Joaquina divide o mundo.

Reis passou a remar com mais vigor. Jesuína tentou se concentrar em seus músculos que subiam e desciam a cada remada, mas seu coração estava disparado. Do que adiantava fugir do casamento com o francês para morrer no mar?

Reis remou por horas, desafiando a correnteza que insistia em jogar a canoa para o continente. A menina ficou admirada com sua força e obstinação. Já tinha passado do meio do dia, mas, se conseguisse manter aquela remada, alcançariam Trindade antes da noite chegar. Porém, quando algumas manchas começaram a borrar o céu de cinza, os dois se olharam desanimados. Reis estava cansado, dava para perceber, mesmo que ainda mantivesse o ritmo.

— Será que Trindade está próxima?

— Nunca estive por aqui — Reis respondeu.

Um vento gelado começou a soprar, e eles viram uma cortina de chuva se formando no horizonte.

— É uma tromba d'água. A gente tem que ir para a terra.

— Mas a gente vai parar nas pedras?

— Parece que tem uma praia ali — Reis disse apontando para longe.

Jesuína espremeu os olhos. Ele tinha razão. Havia uma pequena praia à frente. Reis remou com a força que lhe restava para chegarem até lá antes da tempestade.

— Você sabe nadar? — ele perguntou para Jesuína quando estavam chegando perto.

As ondas eram muito grandes para aportar na areia, porém, o risco de chegar na praia era menor do que pegar a tempestade na costeira.

— Por quê? — ela perguntou com os olhos arregalados.

— Pode ser que a canoa vire.

— Nado sim, mas tenho medo de onda.

— Então fique perto de mim. Se a canoa virar, eu seguro você.

Jesuína deu um pulo em sua direção:

— Me desculpe. Estou com medo.

Reis se certificou de que a rede estava bem amarrada na canoa. Se virassem, ele tinha primeiro que levar a menina até a areia e depois vir pegar a canoa, caso a própria onda não a empurrasse até a praia. Perderiam as frutas, a farinha e o peixe, mas de fome não morreriam. Com tanto marisco nas pedras, dava para ficar muito tempo naquela praia.

Ele pediu que Jesuína ficasse perto dele, na popa da canoa. Caso descessem uma onda grande, era melhor estar com o peso atrás. A menina tremia. A canoa se aproximou da arrebentação e, no intervalo das ondas maiores, Reis ficou em pé para usar a força de todo seu corpo na remada. A última onda que passou por eles ajudou a levar a embarcação até a praia. Jesuína quase não respirou até seus pés tocarem a areia. A barra de seu vestido ficou toda molhada, mas isso não era um problema. Estavam salvos. A roupa dele estava mais molhada que a dela, e a transparência do frágil tecido evidenciava todo o seu corpo. Jesuína tentava desviar os olhos, mas estava fascinada pelas formas daquele homem que a havia salvado de um triste destino. Pensou no francês para o qual fora vendida, macilento e fedido. Com ele, partiria em um barco escuro, mas sua mãe a ajudou a fugir e agora ela estava em uma praia iluminada com um homem tão preto como ela.

A massa cinza se aproximava cada vez mais rápido. O vento que a precedeu era forte e frio. Reis não parava de se movimentar, tentando fazer um lugar abrigado com galhos e folhas. O sopro do vento arrepiara sua pele molhada. Jesuína ajudou, segurando uns galhos enquanto Reis entrelaçava a folhagem. Quando ficou pronto, indicou que ela se sentasse. Os primeiros pingos de chuva estavam começando a cair. Ele correu até a canoa e pegou o cesto onde estava o pouco de comida que sobrara e algumas bananas, colocando tudo entre ele e a garota:

— Agora a chuva vem!

Jesuína pegou um pouco de farinha e peixe. O barulho dos pingos sobre a folhagem obrigou-os a aumentar o tom de voz:

— Obrigada. O senhor é alforriado?

Reis balançou a cabeça.

— Que nem minha mãe.

— Sua mãe era mesmo escrava?

— Sim.

— Uma escrava branca?

— Minha mãe tem a pele igual a sua.

Reis olhou surpreso.

— Sempre foi mais fácil mentir do que falar a verdade. Meu pai nunca deixou dizer que ela era minha mãe, e, quando eu dizia, todos faziam essa cara.

— Desculpe.

— Não precisa se desculpar. Eu nasci mesmo igual ao meu pai. Ele roubou até o direito de ela ser minha mãe. Você nasceu em Ubatuba?

— Não, no Congo.

— Nasceu na África? Nossa! E como é lá?

Reis suspirou. Pouco lembrava de sua terra. E a falta que Lígia fazia sequestrara a saudade que ainda sentia de sua vila e de sua mãe.

— Diferente daqui. Menos árvores. Onde nasci não tinha mar.

— Minha mãe não sabe de onde era minha avó. Mas ela também veio da África. Será que vieram do mesmo lugar?

Reis deu de ombros.

— Qual mesmo o nome de lá?

— Congo.

— Não, do lugar onde você mora.

— Picinguaba.

— Quando eu sair de Trindade, se eu for para aqueles lados, vou tentar conhecer Picinguaba. Tem muita gente morando lá?

— Eu e mais duas famílias.

— Só?

— Só. Mas eu vou fazer de Picinguaba um lugar grande, com comida e terra para todo mundo.

— Leva muito tempo para uma vila crescer.

— Não tenho pressa. Tenho o sonho.

— Nunca tive um sonho. Sempre gostei da minha vida. Até meu pai me vender para aquele homem. Acho que agora que perdi minha casa, preciso de um sonho, que nem você.

— Eu também não sabia o que era ter um sonho até minha mulher morrer e eu vir para Paraty.

— Sua mulher morreu do quê?

— Uma maldição que uma canoa trouxe. Ficou com febre e morreu.

— Meus pêsames.

Reis ficou quieto, falar em Lígia resgatava sua dor. Jesuína reparou que ele continuava arrepiado.

— Está com frio? Sua roupa está toda molhada.

— Um pouco.

— Quer o meu lenço?

Reis ficou em dúvida se aceitava. Um pano tão bonito de uma mulher branca. Era certo aceitar aquilo? Ela tinha tirado o lenço dos ombros e insistia que ele pegasse. Reis tirou a camisa molhada e Jesuína não conseguiu evitar olhar seu corpo. Ele percebeu e ficou tímido, envolvendo-se no pano da menina. Seu medo voltou. Não queria passar uma noite a mais com ela. Aquela tal de Trindade não podia estar longe. O vento que vinha do mar estava empurrando a chuva para detrás do morro. O mar parecia estar se acalmando. Decidiu então que recomeçaria a viagem. Se Deus permitisse, deixaria a menina na tal da Trindade ainda naquele dia.

— Vamos embora? — Reis disse quando a chuva começou a diminuir.

— Não seria melhor passarmos a noite aqui?

— Ainda temos um tempo de sol. E se a lua permitir, remarei no escuro.

— Trindade deve ficar logo atrás daquela ponta. Eu acho. Vamos então.

Reis dobrou o lenço e estendeu para Jesuína, que não aceitou.

— Fica para você, em agradecimento a tudo que fez por mim.

Os dois subiram na canoa e Reis atravessou a arrebentação sem dificuldade. Quando conseguiu vencer a última onda, Jesuína se virou encarando-o. Reis achou que fosse falar algo, mas ela tornou a virar para a frente. Só voltou a olhá-lo quando enfim, na última luz do dia, chegaram à praia de Trindade e ele lhe perguntou:

— Não vai descer?

1941

CANIVETE

~~ 5 ~~

O rosto de Deco ainda tinha algumas escoriações dos chutes que levou perto dos olhos, e elas ficavam mais evidentes à medida que o dia ia clareando. Reis teve vinte e dois filhos com Jesuína e um com Lígia. Todos brigaram na praia, caíram de pedras, se cortaram no mato, e ele nunca ficou condoído de um machucado como estava das marcas no rosto de Deco. Ele não pôde proteger seu filho João dele mesmo e, por algum motivo, as cicatrizes no rosto daquele menino remexiam sua impotência diante da perda do filho.

Reis e Deco já tinham pescado três cestos de olho de boi, mas, à medida que foi clareando por detrás da Ilha das Couves, os peixes pararam de beliscar o anzol.

— Então o nome de seu pai era Firmino? E ele nasceu no Camburi mesmo?

— Não, senhor. Meu pai nasceu para lá de Trindade.

Reis pensou que Jesuína tinha família em Trindade. Talvez por isso Deco se parecesse com João. O tal do Firmino devia ser parente de Jesuína, pela parte da família que tinha aqueles olhos em conta. A verdade é que, naquela altura da vida, não adiantava nada ficar remoendo a culpa que sentia desde que João se fora.

— Vou amassar um saião para você colocar nesse machucado de cima da sobrancelha. Está demorando muito para secar.

— Sim, senhor. Esse peixe todo, a gente vai conseguir vender?

— Em vez de secar, a gente pode tentar vender fresco. Se a vila pegar muito, a gente dá um jeito de ir até Ubatuba ainda hoje.

— Ubatuba? Nunca fui até lá. É grande, né?

— Sim, grande. Mas já foi maior.

Já haviam se passado tantas luas desde que estivera pela primeira vez em Ubatuba e, mesmo depois de tanto tempo, a cidade nunca mais foi próspera, nunca mais teve o movimento e a bonança que Reis viu ainda menino. Mas para aquele garoto, que nunca tinha saído do Camburi, seria um impacto conhecer a cidade.

— Se formos, te levo junto para conhecer Ubatuba.

Deco conteve o sorriso de satisfação, pois aquele homem, que todos tratavam com respeito, lhe inspirava certa timidez, mesmo depois de levá-lo para casa, cuidar de seus machucados, deixar que dormisse em uma tarimba. Para dormir, Deco só conhecia esteira de taboa, nem sabia que existia algo diferente disso, que dava para se proteger dos bichos peçonhentos do chão.

Deco não sabia por que aquele senhor estava sendo tão bom, mas, se não fosse ele, aqueles meninos o teriam machucado até morrer, ou o fariam voltar todo machucado para Camburi. Machucado e sem dinheiro. Ele tinha o pouco que Dona Nega lhe dera. Se conseguisse outro tanto, quem sabe vendendo aquele peixe, poderia enfim levar dinheiro para a mãe.

— Sua mãe nasceu onde?

— No Camburi.

— Quantos anos seu pai tinha?

— O pai? Devia ter uns trinta, trinta e cinco. O senhor me desculpe, mas eu não sei não.

— O olho dele era assim, que nem o seu?

— Era sim, senhor.

Reis puxou o anzol de um lado da canoa e depois do outro. O peixe tinha voltado a passar. Deco também sentiu seu anzol beliscar e puxou rápido. Um dia, conseguiria manejar dois anzóis como o Senhor Reis. O olho-de-boi era um peixe grande que demorava a cansar, não era fácil dar conta de dois.

— No Camburi também dá muito peixe, mas o mar está sempre ameaçado. O senhor já esteve lá?

— Muito tempo atrás. As últimas vezes, fui só até a praia Brava.

Reis começou a puxar um dos peixes para fora, enquanto mantinha o outro no anzol pelo pé. Dava para ver que era grande — ele estava concentrado para não perder a luta. Deco esperaria o dele cansar mais, já que não tinha a força de Reis para puxá-lo para fora.

Não demorou, os dois peixes de Reis estavam dentro da canoa. Deco começou a puxar o dele, pois não queria ficar muito para trás. Não teve a mesma destreza, mas conseguiu colocar o peixe no cesto sem se atrapalhar. Eles se debatiam nos últimos minutos de vida. A canoa estava tão cheia que Reis achou melhor voltarem.

— Durvalino é mesmo filho do senhor? — Deco perguntou enquanto recolhiam os anzóis.

— É sim. Não parece?

— Parece sim, senhor.

Reis riu da falta de jeito do menino.

— A mãe dele tinha os olhos claros. Que nem você, que nem Durvalino. A maioria dos nossos filhos saiu com os olhos da mãe, mas a cor da pele a gente chacoalhou. Eu tive vinte e três filhos. Alcino, que foi da minha primeira mulher, morreu quando era criança. E um outro filho, que se chamava João, fugiu daqui. Então, aqui em Picinguaba, eu tenho vinte e um filhos. A maioria pescador. Só dois que são marceneiros. E as mulheres, que tão por aí, criando os filhos e cuidando das roças.

— Faz tempo que sua mulher morreu?

— Muitas luas, mas nem tantas assim. A tainha já passou umas cinco vezes desde que ela se foi.

— E ainda dói?

Deco fez a pergunta de forma distraída, olhando o horizonte. O mar, na luz da manhã, tinha a mesma cor dos seus olhos, e Reis se lembrou da sensação que teve ao perceber os olhos de Jesuína. Era ela que olhava o mar ou o mar que entrava nos olhos dela? Sentiu os olhos marejarem. Por algum motivo, talvez a fragilidade daquele menino, talvez o fim da vida se aproximando, mas o passado vinha insistindo em lhe rodear.

— Parar de doer, não para. Mas a gente se acostuma.

— Eu gostava muito do meu pai.

Era a primeira vez que Reis via o menino com lágrimas nos olhos. Se não houvesse tanto peixe entre eles, iria até a proa para ampará-lo.

— Se a gente for até Ubatuba vender o peixe fresco, você pode ficar com o dinheiro todo. Aí você vai juntando para levar para sua mãe.

O rosto de Deco voltou a se iluminar.

— Aí eu posso ir para o Camburi! Eu pego o dinheiro que Dona Nega me deu, já compro sal e querosene para minha mãe. E o que sobrar, deixo para ela comprar os tecidos.

Reis ficou triste pensando que o menino iria embora, mas era justo que fosse ajudar a mãe. E logo precisaria de dinheiro novamente. Quem sabe não voltaria para Picinguaba?

Durvalino virou a ponta da ilha no mesmo momento em que Reis puxava a âncora para partir. Ao se aproximar, ficou em pé na canoa para ver quantos peixes tinha nos balaios.

— Bença, pai. A pesca foi boa, hein?

— Antes de clarear estava pegando mais, mas está bom ainda. A gente vai voltar já. Se der, vamos para Ubatuba.

— Como você está, meu filho?

— Bem, senhor.

— Os moleques acharam a bola. Já tomaram uma surra. Não vão mais perturbar você.

— Mesmo que não tivessem achado a bola, neste moleque não batem mais.

Reis era tão certo no seu dizer, que Deco não teve dúvida de que, enquanto estivesse com ele, não correria perigo.

≈

A viagem até Ubatuba durava cinco horas. No trajeto havia várias vilas, mas eles não pararam em nenhuma e remaram com força para o peixe chegar fresco. Junto de Reis e Deco estavam Durvalino, Benedito e Manoel, todos filhos de Reis. Eles pretendiam voltar no mesmo dia, mas o mar estava ameaçado, então tinha chance de dormirem por lá.

Ubatuba era muito maior do que Deco tinha imaginado. Do mar se avistava uma grande igreja cercada de árvores altas que lembravam a juçara, mas maiores e mais grossas. Mais adiante estava o porto. Ao seu lado, um grande sobrado competia com a igreja em importância. Reis disse que era a casa de um senhor e seu armazém. Deco ficou impressionado que aquilo pudesse ser a casa de alguém.

— Vou te levar para conhecer Paraty. Lá tem muitas casas como essa. Depois que Ubatuba ficou assim, esse lugar amuado, a família foi embora. Agora é um hotel.

— O que é um hotel?

— É onde as pessoas de fora dormem.

— Vamos dormir aí se o mar arruinar?

Os homens na canoa começaram a rir. Deco ficou encabulado, sem entender.

— A gente não tem dinheiro para dormir aí não.

O menino estranhou que se pagasse para dormir em um lugar. No Camburi, às vezes apareciam umas pessoas de fora. Até indígena passava por lá e dormia algumas noites no rancho da praia, mas ninguém nunca falou em pedir dinheiro para isso. Porém, não comentou nada, pois certamente continuariam rindo.

Eles estavam remando em direção à barra do rio do canto direito da praia. A peixaria do Maciel ficava ali. Ele era o maior comprador de peixe da região e era dono da única fábrica de gelo de Ubatuba. Deco já tinha ouvido falar que existia uma coisa que se chamava gelo, mas, ao tocar nele pela primeira vez, ficou abismado: a água estava dura! Como podia existir uma água que fosse pedra? Deco sentiu a mão queimar depois de ficar encostada no gelo. Sabia que ele era usado no porão dos barcos de pesca para conservar o peixe, sabia que ele era vendido nos portos e que depois de uns dias não prestava mais, e por isso o barco não podia ficar muito tempo com o peixe no mar, mas ninguém nunca havia dito que gelo era duro como pedra e que queimava como fogo. Todo o tempo que Reis e os filhos levaram para descarregar o peixe e negociar o pagamento, Deco ficou brincando em uma caixa com gelo. Quando Reis o chamou para partir, Deco perguntou se podia levar um consigo. Reis assentiu e Deco disse que o mostraria para a mãe quando fosse ao Camburi.

— Isso vai sumir antes mesmo de passarmos o Perequê.

Deco olhou para Reis, incrédulo.

— Vamos lá, o pessoal já está na canoa. Vamos tentar chegar ainda hoje na vila. A tesourinha está voando agora para o morro, o mar só vai arruinar amanhã. Se a gente dormir aqui, vamos demorar uns dias para poder voltar para casa.

Deco queria dormir em Ubatuba, ver mais a cidade, mas não disse nada, ficou apenas jogando a pedra de gelo de uma mão a outra para não se queimar.

— Benedito e Manoel pegaram o dinheiro deles. Aqui, essa é a minha parte, a sua e a do Durvalino. Esse dinheiro fica com você. A gente vai parar no armazém para pegar o sal e o querosene, depois voltamos.

A mão de Deco estava molhada e ele secou no short para pegar o dinheiro. Tentou colocá-lo no bolso do canivete, mas não conseguiu. O gelo que estava em sua outra mão estava cada vez menor. Reis tinha razão, aquilo iria desaparecer.

— Olha, está voltando a ser água — disse estendendo a mão.

Reis passou a mão na cabeça do menino. Deco jogou o gelo no chão e, com as duas mãos livres, conseguiu guardar o dinheiro junto do canivete.

— Muito obrigada, Senhor Reis. Agora, posso voltar para casa.

Na viagem de volta de Ubatuba, eles pegaram o vento de través e estenderam o pano para a canoa ir mais rápido. Mesmo curioso para ver todas as vilas que existiam entre Ubatuba e Picinguaba, Deco acabou adormecendo na proa. Chegaram na vila quando já havia escurecido. Nessa hora, a praia ficava deserta.

— Você vai amanhã cedo para o Camburi? — Reis perguntou enquanto subiam o morro.

— Vou sim. A mãe já está muito tempo sem querosene. Vou levar logo essa lata. Aqui ninguém usa lata para cozinhar?

— Não, a gente usa panela de barro. Ou de ferro. Sua mãe cozinha em lata?

— Sim. Todo mundo no Camburi.

Fazia muito tempo que Reis havia estado no Camburi. Era uma vila menor, com menos recursos, mas Reis não imaginava que cozinhavam em latas.

— Um dia vou levar uma panela de presente para sua mãe. Você voltando, na próxima vez, eu vou junto e carrego a panela.

Na manhã do dia seguinte, Reis desceu cedo para a praia para ajudar a recolher o cerco. Desde a morte de Jesuína, ele passou o cerco para os filhos, mas com a condição de que continuassem distribuindo parte do que era pescado entre os moradores da vila. Peixe bom, não só as palometas. Porém, mesmo não sendo mais o dono, ele que dizia quando o cerco devia sair da água. Pelo vento quente que os empurrou de Ubatuba para Picinguaba, Reis sabia que seriam muitos dias de mar arruinado.

Quando chegou de volta em casa, Deco estava juntando o dinheiro que estava espalhado na tarimba. Ao seu pé, estavam a saca de sal e a lata de querosene.

— Vai conseguir carregar tudo sozinho?

— Sim, senhor.

— É bom, assim vai ficando forte para trabalhar embarcado. Você tem que ir daqui a pouco, de tarde o tempo vai virar.

Deco assentiu com a cabeça, arrumando o monte de dinheiro em sua mão.

— Quanto dinheiro tem?

— Quase mil réis — Deco disse orgulhoso.

— Sua mãe vai conseguir costurar uma roupa bonita para você e suas irmãs. Sabe que minha mãe era costureira? No Congo, a gente usava panos amarrados na cintura. Minha mãe fazia no tear. Era tudo muito colorido.

— Você sente saudade de lá?

— Isso já faz tanto tempo... Não sei se o nome é saudade. É uma memória de uma vida que parece de outra pessoa. Cresci do lado desse mar, pisando nessa terra. Tive um sonho aqui, de fazer esse povoado. E fiz. Saudade eu teria daqui, da vila de Picinguaba. Aqui que é a minha terra.

Devia ser estranho vir de um lugar tão longe e nunca mais voltar. Deco estava voltando para o Camburi, para sua mãe e irmãs, e estava muito feliz.

— Tudo pronto — o menino disse depois de recontar pela quinta vez seu dinheiro e colocar na pequena bolsa que Reis havia dado para a viagem.

— Então vamos. Até o alto do morro o Josias vai com você, para ajudar com a saca.

Deco se levantou da tarimba e atrás dele estava o pequeno canivete enferrujado de seu pai, que ele pegou para guardar na bolsa que estava o dinheiro e com o qual se protegeria na trilha. Ao ver o canivete, Reis fez um ruído de bicho atingido, assustando Deco.

— O senhor está bem?

Com as mãos trêmulas, Reis pediu para ver o canivete. O menino hesitou em entregar-lhe a única coisa que tinha do pai, mas passou para ele. Reis pegou o canivete, abriu a lâmina, se sentou na tarimba e começou a chorar. Deco, que já estava em pé com a saca de sal nos ombros, não soube o que fazer. Como um homem tão forte, que tanta coisa sabia e que era líder de tanta gente, chorava assim? Deco tornou a colocar a saca de sal no chão e ficou parado, de cabeça baixa. O velho colocou uma das mãos no rosto e, depois de se acalmar, descobriu os olhos e estendeu o canivete de volta:

— Era do seu pai, não?

— Sim, ele nunca saía sem ele. Depois de todos os dias perdido no mar, o canivete não desgrudou dele.

— Qual nome mesmo você disse ser do seu pai?

— Firmino.

— O nome do seu pai era João. João Reis. O mesmo nome que o meu.

— Meu pai se chamava Firmino mesmo.

— Esse canivete a gente achou junto, pegando garoupa da costeira. O mar que largou lá.

Deco olhou para Reis de soslaio. O pai contava mesmo que achou o canivete um dia que havia ido pescar garoupa com seu pai.

— Não tinha como eu estar enganado, você é muito parecido com ele.

No Camburi, tinha gente que o chamava de Firminho, tão parecidos eram. Ele evitou encarar Reis. Se seu pai fosse quem ele estava falando, então aquele homem era seu avô? Deco rememorou todas a vezes que seu pai dizia que ele e as irmãs não podiam ir até Picinguaba e que ele nunca soube o porquê. Porém, devia ser tudo um grande engano. Voltou a colocar a saca de sal nos ombros.

— O canivete do seu filho deve ser parecido com esse, mas meu pai se chamava Firmino mesmo. Agradeço tudo o que o senhor fez por mim. Agora vou indo.

Reis segurou a mão de Deco:

— Fica mais um pouco. Você chega no Camburi antes do temporal. Eu só quero te contar uma história. Não vai demorar muito.

Deco queria ir embora. Já estava contando as horas para estar com a mãe, entregar o dinheiro a ela, ver a alegria das irmãs quando soubessem que teriam uma roupa nova para o casamento da prima. Ver Amália, Leri, a cachoeira da escada. Seu primo agora o ensinaria a quicar a pedra cinco vezes no mar. Ele tinha prometido, não poderia voltar atrás. Porém, não negaria nada àquele senhor que havia salvado a sua vida, então voltou a colocar a saca no chão e o seguiu até o banco da cozinha, onde se sentou. Reis atiçou o fogo e colocou o caldo de cana para esquentar. Em silêncio, Deco acompanhava seus movimentos e percebia que estava com o pensamento muito distante. Depois que o cheiro da garapa quente e do café invadiram a casa, Reis, com dois copos cheios na mão, se sentou na frente de Deco:

— Bebe um pouco de café enquanto eu conto tudo que aconteceu entre mim e seu pai. Como já sabe, eu tive vinte e três filhos. Todo filho a gente gosta igual. Mas o que vai embora, aquele que a gente não soube lidar, deixa a gente preso num gostar diferente. Um gostar que dói. Esse foi seu pai. O filho que ganhou um nome igual ao meu e que, quando foi embora, levou um tanto de mim.

Reis falava olhando para as brasas do fogão. Por nenhum momento olhou Deco, que também manteve a cabeça baixa balançando o copo de café que estava quente.

— Seu pai foi meu último filho homem. Ele nasceu roxinho, ofegante. A gente teve dúvida se ia sobreviver, mas eu já tinha perdido Alcino, e não queria ver outro filho morrer. Eu mesmo fiquei cuidando dele. Dava a cana torcida para beber, não deixava passar friagem. Ele cresceu forte, mas eu não perdi o medo de que morresse.

"Segurava ele na rédea curta. João não aprendeu a nadar por minha culpa, que não deixava ele entrar no mar para não se afogar. Quanto mais a gente foge, mais a gente busca. Até na morte dele eu estava presente. A gente era grudado, mas, à medida que ele foi crescendo, não quis mais me acompanhar nas coisas.

"O dia em que achamos o canivete foi uma das nossas últimas pescarias. Foi a única coisa que ele levou de casa depois que tivemos aquela briga feia. Ele queria ir para Paraty, eu disse que não. Acho que estava com medo de que gostasse de lá e não voltasse. Aquele não ficou remoendo dentro dele que nem cardume de sardinha e, no dia seguinte, disse que me ajudaria com o cerco, mas que depois iria para Paraty encontrar os amigos.

"Ele estava muito decidido, e sua postura me ofendeu. Não é não. Ele não poderia contradizer um mando meu. Então bati nele, como sempre bati nos meus filhos. Mas João já não era criança, então bati mais que o costume. Ele não reagiu, nem sequer levantou a mão para proteger o rosto. Quando parei, ele me olhou bem fundo e disse que, a partir dali, não mandava mais nele.

"Percebi que bater mais não adiantaria, então disse para ele ir embora, que, se não me respeitava como pai, eu também não queria ele como filho. Era só para acuá-lo, mas não deu certo. Ele foi embora depois que voltamos do cerco. No começo, não me preocupei. Logo voltaria. Mas aí os amigos voltaram de Paraty e disseram que não tinham visto João por lá. E os dias foram passando. Passando. E João nunca mais apareceu."

— O pai era um homem bom — Deco disse e começou a chorar. Não pela história que Reis tinha lhe contato, mas porque tinha saudade dele.

— Como ele era como pai?

— Estava sempre me ensinando as coisas e fazendo cócegas em mim. Mas não dizia duas vezes a mesma coisa.

— Não entendo por que nunca voltou. Sua mãe morreu, ele morreu, e nunca mais nos vimos.

— Ele nunca deixou a gente vir para cá.

Reis se levantou e foi olhar o mar da janela.

— Sua mãe e suas irmãs agora são responsabilidade minha. Leva o dinheiro para elas. Eu vou juntar mais para mandar. Você volta. Eu vou te ensinar tudo que sei do mar até você conseguir trabalhar em um desses barcos. Mas você tem que prometer que volta, pode ser?

Tímido, de cabeça baixa, Deco fez que sim.

— Então vai, eu estarei te esperando. Faz tempo que não me preocupo com dinheiro... Agora, vou cuidar de você. Devo isso ao meu filho. Morrer no mar é morte boa. Ele voltou para os olhos da mãe. Para os olhos dele mesmo.

1942
A FERIDA FECHOU

~~ 6 ~~

Deco voltou do Camburi ainda mais calado. Reis resolveu levá-lo até a praia do canto, onde os rios Picinguaba e Fazenda desaguavam em um mar calmo e transparente. Naquela época do ano, um pouco antes das tainhas virem do sul, o céu ficava muito claro e sem nuvens. Quem sabe, se conseguissem cercar um pouco de tainha, o menino deixava aquele silêncio e contava um pouco dos dias que ficou no Camburi.

— A tainha daqui tem que esperar se aproximar. Se for atrás, espanta. Não é que nem o cardume do sul. Aí é tanto peixe que a gente nem tem sal para salgar. Você gosta das ovas fritas?

Deco não gostava, mas não teve coragem de dizer.

— Sim, senhor.

— Olhe, tem que jogar a rede assim, que nem urubu abrindo a asa. Num repente.

A rede dançou antes de pousar no mar. Reis, de pé na canoa, puxou um fio enquanto observava. Depois começou a empenhar mais força para puxar a rede e, pelo tombo da canoa, Deco percebeu que tinha pegado o cardume em cheio.

De longe, o balseiro do rio Picinguaba, que estava atravessando umas pessoas, gritou:

— Pegou o peixe, Seu Reis!

— O peixe estava aqui me esperando!

Quanto mais rede ele puxava, mais de lado a canoa ficava.

— Agora você vem aqui, Deco. Faz o contrapeso, senão a gente vira.

Seus braços trabalhavam em sincronia e, aos poucos, as tainhas começaram a aparecer enroladas na malha, buscando inutilmente respirar. Quando conseguiram por fim colocar toda a rede na canoa, Reis se sentou na proa, alegre:

— Você sabe o que quer dizer Picinguaba?

— Não, senhor.

— O lugar onde mora o peixe. Não sei quem deu esse nome para a fazenda da Dona Maria, mas fui eu que batizei nosso povoado assim.

— Se só vieram duas famílias com o senhor, como Picinguaba tem tanta gente?

Enfim aquele menino dizia algo diferente de sim senhor ou não senhor. Aliviado, Reis ficou olhando as tainhas morrerem sufocadas.

— Aos poucos o povo foi chegando... Os primeiros que apareceram foram uns homens que uns piratas deixaram aqui.

— Piratas, aqui?

— Eles levaram toda nossa comida e deixaram esses dois homens. Jesuína disse que eram de uma tal de Holanda. Eles ensinaram a gente a colocar o pano na canoa, ensinaram a dar nó nos cabos e a fazer âncora. Mas queriam mandar na gente e mandamos eles embora. Não passou muito tempo, a filha do Benê Silva apareceu de barriga.

Reis começou a rir, enquanto ajeitava melhor a rede no fundo da canoa.

— Depois, veio o Manuel Felipe, o Geraldo, Napoleão, aquele ali, o balseiro do rio. Todos chegando de passagem, mas depois de verem que aqui é um lugar bom foram ficando.

— Não achou ruim?

— Ruim nada! Meu sonho era fazer Picinguaba crescer! Cada um que chegava, eu dava um pedaço de terra e punha para trabalhar. Você tem algum sonho?

— Quero ser um grande pescador.

— Então veio ao lugar certo. Passa o remo aí, vamos voltar.

O sol estava começando a descer no horizonte. Sempre que o céu ficava limpo daquele jeito, o mar se tornava rosa ao entardecer. Pela primeira vez, desde que voltara para Picinguaba, Deco se sentiu feliz por estar lá.

— A Maria é filha de quem?

— Uma loirinha?

— Sim, senhor.

— Ela é neta do Vittorio. Ele veio da Itália com mais gente para trabalhar na fazenda. Vieram plantar arroz, mas todos foram embora logo. Disseram que aqui era o fim do mundo. Vittorio foi o único que gostou.

— Qual o nome dele?

— De quem?

— Do pai da Maria.

— Ela é filha do Alberto, o dono do armazém.

— Ele é bravo?

— Muito.

Não era verdade, mas Reis não queria Deco envolvido em outra confusão. Todos os moleques da vila gostavam das italianas, e tinha muitas outras garotas para ele se interessar.

— Olha ali, está vendo aquela estrela, a primeira a aparecer? Não é uma estrela, é um planeta. É uma época boa para se casar. Sua prima vai ter uma vida longa com o marido, se Deus permitir, é claro. Como foi a festa do casamento?

— Teve viola. E sanfona. O pessoal dançou bastante.

— Você dançou?

— Não, eu não sei dançar. Fiquei com Leri empinando pipa. A gente estava sentindo falta um do outro.

— Quem é Leri?

— Meu primo.

— E sua mãe, deu para matar a saudade dela?

— Sim, senhor.

Reis achava que o menino havia voltado mudo para Picinguaba pois não queria ficar longe da mãe, mas a verdade é que Deco ainda estava organizando a tempestade de sentimentos que o atravessara nos dias em que esteve no Camburi.

Sua primeira sensação ao entrar na casa em que cresceu foi de que estava há muito tempo longe. Estranhou o cheiro, a comida, o silêncio da mãe. A princípio, achou que era porque nunca tinha ido para além da Cabeçuda, no entanto, à medida que os dias foram passando, entendeu que aquela estranheza tinha outro motivo. Seu pai não era quem ele falava e, por isso, Deco teve que recontar sua própria história. No tempo que esteve em Picinguaba, não saiu apenas do Camburi, ele havia se distanciado daquilo que conhecia de si.

Amália foi a única que percebeu que Deco não era mais o mesmo. Ela tinha ficado uma parte da festa do casamento observando-o soltar pipa de longe. Quando os dois conseguiram ficar a sós, disse que ele estava muito diferente. Ele balançou a cabeça. Ainda gostava de Amália, mas, depois que havia conhecido Maria, não pensava mais nela da mesma forma.

— Quando soube que tinha ido embora, fiquei com medo de te perder para sempre. E eu tinha razão. Você voltou, mas não é mais o mesmo. O Dequinho que eu conhecia não existe mais.

Deco a olhou surpreso. Depois, baixou os olhos.

— Desculpe não avisar que ia embora.

Amália deu de ombros.

— Eu achei que a gente fosse se casar. Agora sei que não será meu marido.

Ele não tinha a mesma certeza, pois ainda gostava dela. Ainda queria dar aquele beijo de língua... Porém, se tivesse que escolher entre ela e Maria, preferia a italianinha.

— Eu descobri que meu pai nasceu em Picinguaba. E que tenho um avô...

Amália voltou a dar de ombros.

— Eu não conheço Picinguaba. Lá tem escola, né? Você vai começar a estudar?

— Não. Eu tenho que pescar. Tenho que vender peixe e trazer dinheiro para minha mãe.

Amália assentiu com a cabeça.

— Eu vou para Paraty semana que vem. Estudar. Agora que você foi embora, vou perguntar se posso morar com minha tia. Ela gosta de mim, e eu ajudo com a casa e as crianças.

Deco ficou triste com Amália indo morar em Paraty. Ele perderia a menina para sempre. Talvez ela estivesse sentindo o mesmo ao dizer que ele havia mudado, a sensação de perder alguém para sempre. Ele quis pegar em sua mão, mas não podia fazer isso ali, perto das pessoas.

— Eu não queria ficar sem te ver.

— Eu também não.

Apesar de tudo que ainda queriam conversar, os dois ficaram em silêncio, ouvindo o barulho das ondas confrontando as pedras, e aquele sentimento de perda, que não era só de Amália, mas de tudo que conhecia sobre si mesmo, acompanhou Deco em seu retorno para Picinguaba.

Enquanto Seu Reis remava sem pressa, Deco ficou admirando os últimos momentos do sol. O mar e o céu estavam ainda mais rosa, mas ele sabia que era o último suspiro de cor antes que a noite se apoderasse de tudo.

— O que sua mãe disse sobre você vir morar aqui comigo?

— Ela perguntou como vou ganhar dinheiro se não consigo trabalhar embarcado.

— A gente vai escalar esse peixe hoje para colocar no sal. Vai ser a primeira tainha seca que vai chegar em Ubatuba. Enquanto você não consegue trabalhar embarcado, vai ganhar dinheiro assim, vendendo peixe na cidade.

Deco olhou a rede de peixe, olhou o horizonte, o sol se pondo. Seu pai havia morrido, ele agora morava em Picinguaba, Amália não era mais sua namorada. Muita coisa havia mudado em sua vida.

— O senhor já trabalhou embarcado?

— Não, meu filho. Minha missão foi outra. Realizei tudo que sonhei, agora é só esperar a morte, que me pegará em paz. Desejo que você chegue ao fim da vida sabendo que cumpriu seu propósito.

≈

Deco estava na pedra da praia do engenho amolando a faca para escalar as tainhas que começavam a chegar do sul. Já tinha ouvido que elas vinham até a praia aos montes, mas não imaginava que fosse tanto peixe. Quando o vigia gritou que o cardume estava entrando na enseada, os homens em suas canoas soltaram a rede e cercaram o peixe do mar para a praia. Era tanta, tanta tainha, que as pilhas de peixe eram mais altas que Deco. Cada dono de rede tinha seu monte. O que restava, era distribuído entre os moradores da vila. Reis mandou Deco escalar sozinho a sua parte e colocar na gamela com o sal. Se o sol firmasse nos próximos dias, logo estariam em Ubatuba vendendo o peixe.

Para amolar bem uma faca, tinha que ter conhecimento. Reis já tinha lhe ensinado que a mão ficava inclinada na direção do corpo. Os buracos da pedra, lapidados por tantas facas afiadas, ajudavam no trabalho. Deco estava concentrado quando ouviu uma voz atrás de si:

— É verdade que você é neto do Seu Reis?

Maria estava parada atrás dele. Não era dia de aula, mesmo assim, estava com sapatos e laço no cabelo. Deco ficou tão sem jeito que quase se cortou.

— Sim. Ele é pai do meu pai.

— Eu não conheci o filho fugido do Seu Reis. O povo diz que eles andavam sempre juntos, que nem vocês agora. Foi por isso que ele te adotou, né?

— Ele não me adotou.

— Você não está morando com ele?

Deco fez que sim com a cabeça.

— Então ele te adotou. Seu Reis é o homem mais respeitado daqui. É bom que você esteja com ele. Agora ninguém mais bate em você.

Deco não sabia o que dizer, e Maria também ficou em silêncio, mexendo com um galho nas baratinhas do mar, que se moviam confusamente pelas pedras. Não queria que a menina fosse embora, mas aquele silêncio o deixava tão constrangido, que voltou a afiar a faca de forma ruidosa. Maria jogou o galho fora e pulou para a pedra de Deco:

— Você tem irmãos?

— Duas irmãs — ele disse, colocando a faca em um canto, depois de quase se cortar novamente.

— Elas vão na escola?

— Camburi não tem escola.

— Pena. E você, agora que esta morando aqui, não vai na escola?

— Eu não tenho documento.

— Você pode tirar, a professora ajuda.

— Já não dá mais tempo para eu começar a estudar.

— Quantos anos você tem, quarenta?

— Doze.

— E não dá mais tempo de estudar?

— Não, porque agora eu tenho que cuidar da minha mãe. Das minhas irmãs. Tenho que trabalhar.

Maria deu de ombros e pulou para uma grande pedra ao lado, jogando galhos secos nas baratinhas. Deco pensou que nunca conseguiria pular de sapatos de uma pedra para outra como ela fazia. Na verdade, nem sabia como era usar sapatos, mas devia ser bem estranho.

— Seu pai morreu como?
— No mar.
— Poxa. Muita gente morre no mar.

Deco não achava a mesma coisa. Ele só conhecia o pai, mas não queria contradizer a menina. Também não queria ficar falando na morte do pai nem sobre sua mãe ou Seu Reis, que na verdade era seu avô. Criando coragem, perguntou se era verdade que o pai dela era italiano.

— Meu pai não, ele nasceu na fazenda do Capitão Firmino. Mas meu avô nasceu na Itália. Ele plantava arroz, mas depois que o Saint Claire comprou a fazenda e colocou boi, eles vieram para cá.

— E você fala italiano?

Maria achou graça.

— Eu não! Só meu avô que sabia falar, e minha avó. Ela era uma mulher muito altona. Papai contava que um dia ela pegou o passaporte, que é tipo um documento, de toda a família e colocou fogo em tudo.

— Mas você está na escola e não aprendeu a falar italiano?

Maria riu de novo e desistiu das baratinhas, pulando de volta para a pedra ao lado de Deco.

— Não, mas falo francês, inglês e alemão. Italiano vou aprender ano que vem.

Deco olhou para ela surpreso.

— Bem se vê que você nunca foi na escola mesmo.

Ela tinha um jeito de estar sempre rindo das coisas. Deco começou a ficar mais à vontade ao seu lado.

— Hoje tem uma festa na casa da Sinhá Ninha. Vai ter viola e rabeca. Você vai?

— Festa? Não, não vou não.

— Por que não? É tão bom! A gente dança fandango a noite inteira.

Seus primos do Camburi, quando voltavam de Picinguaba, falavam muito dessas festas. Contavam do fandango, da música, também das italianinhas. Será que era de Maria que falavam? Talvez fosse de suas primas ou irmãs mais velhas. Ela era muito menina para gostarem dela. Amália já era muito mais moça que Maria, que nem peito tinha.

— Talvez eu vá então. Vou falar com o Seu Reis...

— Seu Reis era festeiro, todo mundo conta. A casa dele era uma festa só. Mas depois que a Jesuína morreu, ele parou. Minha mãe diz que é em respeito a ela, que ele é um homem direito. Sabia que a mãe da minha mãe foi escrava? Eu e você temos avós que foram escravos.

Deco não entendia muito bem aquela história de escravidão, e seu avô falava pouco disso.

— Eu não sei direito o que é escravo, mas Seu Reis me disse que ele veio de um lugar na África, que fica do outro lado do mar.

— Estou falando que você precisa ir para a escola! Eu já estudei escravidão com a professora nova e isso foi uma das coisas mais feias que um homem pode fazer com outro. Quando eu olho para Seu Reis, fico pensando em tudo que ele passou. Seu avô é um homem muito forte. A minha avó também era, mas ela eu não conheci.

Maria tinha um jeito engraçado de dizer as coisas. Deco se perdia nas abstrações da menina, ainda mais com ela ali, tão perto dele.

— Deixa eu ver sua faca?

Maria passou os dedos pela lâmina.

— Está bem afiada.

— Está quase boa.

— Se você for na festa, eu danço uma música com você.

Deco ficou tão vermelho e tão sem jeito, que virou o rosto para o lado do mar. Maria se levantou, achando que o menino tivesse feito desfeita.

— Preciso torrar café para a mãe. Tchau, Deco.

E saiu fazendo o estalo dos sapatos. Tudo tão rápido, que Deco, ao perceber que ela estava se afastando, teve um ímpeto de coragem:

— Maria, onde é a casa de Sinhá Ninha?

— Na praia ali, atrás dos pés de laranja — ela disse apontando.

— Eu vou lá dançar com você.

Maria sorriu, acenando para Deco, e depois voltou a estalar os sapatos nas pedras.

Deco passou o dia escalando tainha e, quando chegou em casa, Reis estava preparando peixe com banana-verde. Durante o dia, a cada tainha que escalava, sua opinião mudava entre ir para a festa sozinho ou chamar o avô. Ser o neto preferido de João Reis o incomodava. Deco preferia passar despercebido, ao invés de ver as pessoas comentando dele. Reis tinha, entre netos e bisnetos, quase duzentos descendentes, mas justamente Deco, o de fora, o forasteiro, era o seu preferido. Chegar na festa com Reis lhe poria ainda mais no olho do povo, e seria muito mais difícil se aproximar de Maria. Porém, sozinho, lhe faltava coragem. Mas ele tinha dito que iria, então, de uma forma ou de outra, quando escurecesse, ele pegaria o fifó e iria até a casa de Sinhá Ninha.

— Está quase pronto. Vai se banhar que você está cheirando a tainha.

Deco foi até a bica de trás da casa refletindo. Não sabia como começar aquele assunto de festa com Seu Reis. Porém, nem foi preciso. Assim que apareceu na sala com a roupa que a mãe costurara para o casamento da prima, Reis entendeu que ele iria na casa da Sinhá Ninha e que estava indo para ver a neta do Vittorio, a tal da Maria.

— Quantos cestos deu de peixe?

— Cinco.

— A gente vai para Ubatuba vender a tainha. Se o sol for forte, logo estará seca.

Deco, se servindo de comida, balançou a cabeça em vez de falar o sim senhor de sempre. Reis percebeu que a vontade de ir à festa se revirava com algum tipo de insegurança. Conseguia entender. Dentro dele também estava um mar virado: na manhã seguinte iria até o Camburi conhecer a mulher de seu filho, suas outras netas, a casa em que João morava.

— Você vai na Sinhá Ninha?

Deco o olhou surpreso.

— Como sabe?

— Sua roupa. A cabeça longe.

— Sim, senhor.

— Qual sua dúvida?

— Sobre o quê?

— Sobre a festa. Está com esse jeito preocupado…

Deco olhou para Reis, encabulado.

— Não sei se consigo ir sozinho.

— Por que não?

Como não sabia direito o porquê, apenas balançou os ombros.

— Ninguém mais vai bater em você.

Nesse momento, Deco entendeu que era isso que o incomodava. Saber que ninguém bateria nele apenas porque era o neto preferido de Reis. O protegido. Como se ele não conseguisse se defender sozinho.

— Eu vou na festa, sim.

— Quer que eu vá junto?

— Não, senhor, eu vou sozinho.

Satisfeito com a decisão do tímido menino, Reis se serviu de mais um prato e começou a contar que Jesuína era a mais festeira da vila, que até mesmo Dona Nega, quando ainda estava boa de saúde, perdia para ela. Não havia filho pequeno ou barriga grande que a impedisse de fazer um baile ali mesmo, onde agora comiam o peixe só com o barulho da lenha queimando. Reis contou que as festas ficaram tão conhecidas que, por meio delas, o pai de Jesuína, depois de mais de quinze anos sem notícias da filha, conseguiu achá-la.

— Jesuína estava naquele canto quando seu pai entrou. Ele ficou parado na porta, com os olhos grudados nela, enquanto um mundaréu de gente dançava. Eu fiquei de longe, tentando entender a situação. Quando a música acabou e Jesuína olhou para a porta, parecia ter visto um fantasma. Entendi que era seu pai. Jesuína me contou pouco do que conversaram, apenas que ele ficou feliz em ver que estava bem, mas que achava que se tivesse ido para a França teria tido uma vida melhor. Deu notícias da mãe, que morreu pouco tempo depois que ela se foi. Não quis me conhecer e dormiu no barco que o trouxe até aqui.

Deco sempre ouvia com interesse as histórias sobre o passado. Assim como Maria, que tinha uma avó italiana alta e um avô que entraram em um barco para viver em outro país, Deco também vinha de avós que se aventuraram pelo mundo. E foi só pensar em Maria que ficou encabulado. A festa já tinha começado; dava para ouvir a música e a algazarra do povo. A menina o estava esperando e ele não podia desistir de ir até a Sinhá Ninha. Depois de organizar as panelas e cabaças do jantar, pegou o fifó e desceu o morro.

Assim que chegou na festa, entendeu por que o povo gostava tanto do fandango. A sala estava muito animada e todos dançavam. Dona Nega, sentada ao lado da rabeca, acenou para Deco, que ficou aliviado ao vê-la. Ela estava cantando e indicou que ele se sentasse ao seu lado. Deco olhou para a roda e viu Maria dançando entre as irmãs. Ela o olhava de soslaio. Vestia os mesmos sapatos que usara de manhã, mas estava com um vestido que ele nunca tinha visto. A cada giro na roda, a barra da saia se levantava, mostrando acima dos joelhos. Suas irmãs podiam ser até mais bonitas, mas, para Deco, Maria era a mais linda. A música não parava. A banda emendava uma na outra, e a roda também. Deco ficou sentado assistindo por um longo tempo, sem que Maria desse qualquer sinal de que pararia de dançar. Como tinha acordado cedo e escalado tainha o dia inteiro, começou a se sentir cansado, então se levantou e foi até a porta, sem saber o que fazer. Uns meninos estavam do lado de fora brincado de pião perto da fogueira, mas Deco não iria até eles. Se ao menos Durvalino estivesse lá, poderia puxar assunto. Sem saber o que fazer, foi até uma canoa e se apoiou nela para olhar o céu. O cruzeiro-do-sul já estava alto. Ele teria que acordar cedo de novo, pois iria com Seu Reis até o Camburi, então o melhor a fazer era ir embora. Podia não ter conversado com Maria, muito menos dançado com ela, mas ao menos cumpriu sua palavra.

Deco estava dobrando a barra da calça para não correr o risco de sujá-la no morro quando Maria se aproximou:

— Você não vai dançar?

Dava para ver pela luz da fogueira que ela estava com as bochechas coradas e o cabelo suado. Seus olhos soltavam faíscas e Deco se lembrou de Reis dizendo que Jesuína adorava festejar.

— Eu não sei dançar.
— Pois então eu te ensino.
— Na frente de todos?
— Por que não?

Deco só balançou a cabeça. Maria riu de sua falta de jeito e pegou em sua mão, puxando-o para a beira da praia, em um canto onde não chegava a luz da fogueira. Sua mão estava quente e Deco ficou paralisado com aquela intimidade. Se ele tinha vergonha de qualquer coisa, Maria era o oposto.

Quando estavam perto do mar, ela parou bem na frente dele. A brisa batia em suas costas e trazia o calor de seu corpo para junto de Deco, que começou a sentir seu ventre expandir. Ainda bem que estava com a roupa nova e não com o short puído que usava no dia a dia.

— Olha, você tem que bater o pé assim. E depois, quando a música dá essa virada, você bate a mão assim. E gira. É só isso. Agora você já sabe dançar o fandango. Vamos voltar?

Ela já estava saindo e Deco, num reflexo, segurou sua mão:

— Não! Eu não quero entrar lá de novo.
— Por que não?

Deco não ia dizer que estava cansado e que quase dormira no salão onde ela se esbaldava de tanta alegria.

— Tenho que acordar cedo. Eu e Seu Reis vamos para o Camburi amanhã.

— E a gente vai ficar fazendo o que aqui?

— Você pode me ensinar a dançar.

— Mas a gente tem que ir para a roda para você aprender. E aqui não dá para eu dançar, senão entra areia no meu sapato.

— Tudo bem. Então a gente não dança. Em vez disso, eu te ensino a assobiar assim.

Deco colocou os dois dedos na boca e soltou um assobio bem alto.

— Você sabe fazer isso?

— Não sei não, mas acho que aprender a dançar é muito mais legal do que aprender a assobiar.

— Depende. Se você estiver perdida no mato, ou no mar, assobiar pode ser importante. Você conhece o caso do caçador que foi sequestrado pela caipora?

— Não.

— É uma história longa, mas se ele não soubesse assobiar, o pescador não ia ver ele na costeira. Eu te ensino a assobiar. Aí fica assim. O dia em que você não me ensinou a dançar, eu te ensinei a assobiar.

Maria deu uma olhada para a casa de Sinhá Ninha onde a música tocava animada.

— Está bem. Como faz então?

— Você tem que colocar os dois dedos na boca.

Maria tentou imitá-lo, sem sucesso. Deco pegou então em sua mão, que já não estava quente como antes, e mostrou como era a posição dos dedos. Maria tentou uma, duas vezes, mas seu corpo não parava de se mover no ritmo da música. Até que ela desistiu e recolheu a mão:

— Vamos combinar assim: o dia em que você não aprendeu a dançar foi o dia em que eu não aprendi a assobiar. Aí você pode ir embora e eu posso voltar para o fandango. Combinado?

Deco achou graça, mesmo não querendo que ela voltasse para a roda.

— Combinado.

— Então tchau, Deco.

Ele ficou parado vendo-a entrar. De longe, conseguia enxergar a roda do fandango. Maria aparecia de vez em quando. Deco ainda pensou em voltar para lá, pegar em sua mão, que já devia estar quente de novo, entrar na roda e aprender como dançava. Aí depois eles podiam ir para o canto das pedras e ele ensinaria com calma como se assobia. Quem sabe também ensinaria aquele beijo de língua que aprendeu com Amália. Suspirando, virou as costas e foi subir o morro. Como disse Maria, aquele seria o dia em que não aprenderiam nada um com o outro.

≈

De longe, Camburi lembrava a praia de Picinguaba. Alguns ranchos de canoa na areia, peixe secando em varais, homens remendando redes. Mas só. Reis logo percebeu que as pessoas da vila eram mais retidas. O olhar era mais tímido, o falar era mais baixo. Bem se via que Deco era um menino criado ali.

Os dois caminharam pela areia até se aproximarem de um grupo que estava remendando a rede debaixo de um rancho. Deco cumprimentou todos com a cabeça, mas deu a mão para Genésio e Bedico, apresentando-os. Os dois tiraram o chapéu em respeito e Reis abanou a cabeça agradecendo as boas-vindas.

Deco sabia da importância do avô em Picinguaba, mas não sabia que ela se estendia para outras praias. Reis perguntou sobre os peixes que estavam vindo no cerco, e disse que em Picinguaba todos estavam trabalhando na pesca da tainha que havia chegado do sul. Bedico disse que ali também, mas que o mar virado dificultou de cercar o peixe, porém, em compensação, pescaram muita cavala. Reis pediu então licença e seguiu Deco ao longo da praia até a subida do morro.

Ao se distanciarem, o menino disse que Bedico e Genésio estavam na canoa com o pai quando ele morreu. Reis parou e olhou para trás:

— Eles eram muito amigos?

— Sim, senhor.

— Quero depois conversar com eles.

Deco balançou a cabeça e, quando estavam começando a subir o morro, encontraram Leri, que descia correndo e tomou um susto:

— Primo!!! Mas como você cresceu!

Ele deu um tapa na cabeça de Deco e depois o abraçou, tentando levantá-lo do chão:

— Acho que não consigo mais. A comida em Picinguaba é farta, hein? Como está pesado!

Reis viu Deco rir e se soltar como nunca tinha visto. O neto não se permitia ser assim em Picinguaba. Lá, era um menino sozinho, sem amigos, e talvez fosse ele próprio o culpado, já que sempre levava o menino para todos os cantos e não promovia sua amizade com os outros garotos. Estaria repetindo com Deco os mesmos erros que fizera com o pai dele?

— Eu vou ajudar o pai que está consertando a canoa e depois subo lá para ver você.

Leri deu mais um abraço em Deco e foi para a praia.

— Quem é ele?

— Leri, meu primo. Mora do lado de casa.

— Ele trabalha com pesca ou marcenaria?

— O pai dele mexe com madeira e ele vai junto, mas gosta mesmo é de pescar.

Reis fez que sim com a cabeça e os dois continuaram a subir o morro até chegarem na casa de Deco. Ele parou na frente e bateu palma. A mãe de Deco apareceu na porta. Sorriu ao ver o filho, e olhou para Reis com desconfiança. Ele tirou o chapéu e Deco ficou impressionado. Nunca tinha visto o avô tirar o chapéu para alguém, muito menos para uma mulher.

Reis ficou emocionado ao entrar na casa que era do filho. Os dois de sentaram nos bancos abaixo da janela. Reis entregou a panela de barro para Dalva:

— Ela veio de Taubaté. Um mascate passou vendendo em Picinguaba.

Dalva levantou a tampa da panela e passou a mão por dentro. Ela tinha pedido para Firmino uma panela daquela pouco antes de ele morrer. Agora, pouca importância tinha cozinhar em latas ou panela de barro.

— Obrigada, senhor. Vou esquentar a garapa para fazer um café.

Deco tirou dinheiro da sacola e colocou em cima do banco.

— A gente conseguiu mais dinheiro dessa vez. O peixe foi muito.

Ela olhou o dinheiro.

— Obrigada, Deco. Obrigada o senhor também, por estar cuidando dele.

Reis balançou a cabeça. Aquela mulher sabia muito mais do seu filho João do que ele. Ele queria conversar com ela a sós, saber se sabia do seu passado, da vida dele em Picinguaba, se sabia que ele era seu pai e Jesuína, sua mãe. E se sabia por que ele nunca mais voltou, se nunca sentiu saudade.

Lara e Daise logo chegaram, tímidas. Reis estava feliz de conhecer as netas. Elas pediram bença e ficaram paradas em pé ao lado de Deco.

— Quem é Daise e quem é Lara? — Reis perguntou.

A mais velha era Daise, mais parecida com a mãe. E Lara, a mais nova, lembrava João. Elas tinham o cabelo penteado e vestiam roupas sem rasgos.

— Eu quero levar vocês um dia para conhecer Picinguaba.

As meninas abaixaram a cabeça sem jeito.

— Sei que seu pai proibia, e ele tinha os motivos dele. Mas seu pai agora está descansando nos braços de Deus. E em Picinguaba tem muito parente que vocês precisam conhecer. E tem escola. Seria bom começarem a estudar.

As duas levantaram os olhos atentas. Conheciam algumas crianças que iam para a escola e tinham curiosidade de saber como era aquilo. A mãe cortou a conversa dizendo que o café estava pronto e que tinha batata-doce cozida.

— Voltem para o trabalho. Depois vocês vêm comer.

— Onde trabalham? — perguntou Reis.

— Estão fazendo cestas na casa de minha irmã.

Reis só balançou a cabeça.

— Elas podem ir estudar em Picinguaba. Vocês todos podem mudar para lá. Eu ajudo a construir uma casa para vocês. Elas têm documentos?

A mãe balançou a cabeça negativamente e não disse mais nada. Reis não insistiu. Deco ficou assombrado com a falta de jeito da mãe e os três tomaram o café em silêncio. Para alívio do menino, assim que terminou sua batata, Reis pediu para falar a sós com Dalva.

— Bença, mãe, bença, vô — Deco disse se levantando. Era a primeira vez que chamava Reis de avô, mas, na pressa de sair dali, nem percebeu. Já Dalva olhou para o velho com um olhar vazio, depois se levantou e começou a preparar a lata onde iria cozinhar os mariscos que estavam na entrada da casa. *Podia usar a panela nova*, Reis pensou, se perguntando se aquela distância era por ele ter expulsado João ou por ter acolhido Deco.

— Ele nunca falou da gente? — perguntou por fim.

Ela o olhou, mas não respondeu. Reis entendeu que ela sabia de tudo.

— A gente sentiu muita falta dele. Eu, principalmente. Dos meus vinte e três filhos, ele foi o único a ter o meu nome.

— O nome dele era Firmino.

Sim, Reis pensou, *para ela, o nome dele era Firmino*.

— Quando vi Deco pela primeira vez, achei que tivesse vendo meu próprio filho. Eu não tive oportunidade de pedir perdão para o João, de refazer nossa amizade, mas estar com Deco é uma segunda chance.

— Por que está falando tudo isso? Isso é entre você e esse tal de João. Eu não conheci seu filho. Eu me casei com um homem que se chamava Firmino e que nasceu em Trindade. Essa é a única história que conheço.

Reis se levantou colocando o chapéu.

— Agradeço o café e a batata. Vou pegar o Deco na praia, de lá a gente já vai fazer o caminho de volta. Acho bom para as meninas estudar. Deco não pode, tem que ganhar dinheiro, mas para elas seria uma oportunidade.

Reis balançou o chapéu e saiu. Não tinha se preparado para um encontro tão seco, mas fazer o quê? Aquela mulher não deixava de ter suas razões. Com o tempo, talvez conseguisse se aproximar dela e das netas.

Quando chegou na praia, foi atrás dos dois homens que estavam com João na sua morte. Se a mãe de Deco não queria falar nada, quem sabe eles diriam algo. Ele se aproximou do rancho e ficou parado vendo o grupo de homens trabalhar na rede. Bedico perguntou se ele ainda tinha cerco em Picinguaba:

— Passei o cerco para meus filhos. Agora só tenho a rede de tainha. Não tenho mais que alimentar filho, então faço o que mais gosto, que é pescar de linha. Gosto mesmo é do embate do homem com o peixe, um a um.

Todos concordaram, e Reis, por estar acostumado a nunca ser contrariado, não sabia se estavam sendo sinceros.

— Eu queria ter um dedo de prosa com vocês — ele disse apontando a cabeça para Bedico e Genésio.

— Sim, senhor — disse Bedico.

Reis se aproximou e, com certa mesura, perguntou se poderiam conversar a sós. Sem rodeio, Genésio pediu que os outros se retirassem e puxou um banco para Reis. Em vez de se sentar, ele pegou uma agulha e começou a remendar a rede com os dois.

Depois de um tempo trabalhando, perguntou se eles estavam mesmo com o pai de Deco no dia de sua morte.

— Sim. A gente conseguiu chegar na praia, mas o mar levou Firmino para o fundo. Deus quis assim.

— Vocês eram muito próximos?

— Firmino era um homem bom, não tinha quem não se desse com ele. Mas a gente dividia o cerco, então passava mais tempo junto. E quando o mar arruinava, a gente ia ver o mundéu com ele.

— Ele chegou aqui faz muito tempo?

— Ah sim. A gente nem pensava nele como não sendo daqui.

Reis concluiu que João foi direto para o Camburi depois que fugiu de casa.

— E ele dizia que era de Trindade?

— No começo, era o que falava sim, mas depois de um tempo, ninguém mais perguntava de onde ele vinha.

— Ele nunca falou nada de Picinguaba?

Os dois sacudiram a cabeça e Reis continuou a remendar a rede pensativo.

— Ele falava muito com Zé Preto. Vivia por lá. Talvez ele possa falar mais coisas para o senhor. Nossa conversa sempre foi mais as coisas do dia a dia mesmo...

Reis balançou a cabeça e continuou remendando a rede até Deco aparecer com um sargo grande na mão.

— Que peixão! Onde pegou? — disse Bedico.

— Peguei na Espia com o Leri.

— Esse dá um azul-marinho bom!

— Azul-marinho com sargo é o mais gostoso. Mas esse peixe a gente vai levar de presente — Reis disse pendurando a agulha na rede para sair.

— Para a mãe?

— Não, agora a gente tem outra pessoa para visitar.

Bedico e Genésio falaram que o caminho era por trás da cachoeira do Ani. Deco entendeu então para onde estavam indo, e lembrou que seu pai mandava a tara, que era o melhor peixe do cerco, para o preto velho. Reis saiu andando e Deco o seguiu, resignado, com o peixe na mão.

≈

Zé Preto estava agachado em frente à casa descascando mandioca e só parou quando Reis pediu licença. Os dois ficaram se olhando por um tempo. Eram tão semelhantes, que pareciam irmãos.

Zé Preto largou o facão e as mandiocas no chão e se levantou para entrar em casa, sinalizando em um gesto para que o seguissem. Reis entrou na casa pedindo licença, e Zé Preto fez com que ele se sentasse no banco em frente à sua cadeira. Como estava com o avô, Deco não sentiu medo do velho e foi deixar o peixe em cima da tábua que ele indicou.

— Vosmecê que pegou esse peixe?
— Sim, senhor.
— Bem se vê que está crescendo em seu destino.

Reis ficou orgulhoso do neto. Realmente, ele não era mais o menino franzino e frágil que ele tirou do meio da briga muitas luas passadas.

— O senhor quer que eu limpe o peixe? — Deco perguntou.
— Vosmecê faça a gentileza.

Zé Preto passou uma faca para Deco, que ficou passando o dedo na lâmina, admirando a qualidade do aço antes de começar a escalar o peixe.

— A última vez que a gente se viu, a gente ainda era moço. Corre por Picinguaba uma história de um caranguejo, do senhor com o Joaquim Ferreira… Faz tempo que quero saber se é verdade — Reis disse tirando o chapéu.

Zé Preto demorou para responder. Com dificuldade, pegou uma garrafa de cachaça que estava em um cesto e serviu em três pequenos copos. Deco, que nunca tinha bebido na vida, se sentiu um homem com o copo de cachaça à sua frente.

— Vosmecê demorou muito mesmo para vir — disse Zé Preto depois de beber o primeiro gole.

Reis entendeu que ele estava falando de João. Se tivesse vindo antes, teria encontrado o filho vivo. Mas quem é que sabe dos desígnios de Deus? Zé Preto sentou na cadeira e tomou o resto da bebida em um único gole. Reis o seguiu, e Deco deu um pequeno gole. Sentiu sua língua e garganta queimarem. Tomando coragem e segurando a respiração, virou o copo, e sentiu na hora as bochechas ficarem quentes.

Zé Preto mandou ele parar de limpar o peixe, lavar a mão na gamela e servir o avô da farinha e do caldo de marisco que estava sobre o fogão de lenha. Em seguida, ele poderia se servir. Foi só então que o velho respondeu à pergunta de Reis:

— Essa história que vosmecê quer saber é de quando ele mandou o caranguejo vir ver se eu estava com a viuvinha?

— Sim.

Zé Preto deu uma boa risada e se serviu de mais cachaça. Reis aceitou a segunda dose. Deco ficou sem jeito quando ele encheu o seu copo.

— Pois vou contar a história. Eu estava com uma sinhazinha que vivia perto do Joaquim. Ele também tinha interesse na moça, que tinha perdido o marido caçando. Eu estava aqui com ela quando entrou um caranguejo pela porta. Logo que o bicho entrou, vi que era coisa do Joaquim Ferreira. Falei comigo: "ah é, compadre, você mandou o caranguejo para cá, tudo bem". Aí mandei a moça limpar o bicho e colocar para cozinhar. Sentamos aqui, no chão, e comemos todo o caranguejo, quebrando todos os cascos até comer a carne todinha. Quando acabamos, falei: "agora vosmecê vai para a casa do compadre". Aí os cascos se juntaram todos e saíram andando até a casa do Joaquim Ferreira, lá no Puruba. Daqui do Camburi até lá. Quando o Joaquim viu o caranguejo chegando, todo em pedaço, falou: "é, o compadre não tem jeito mesmo". Aí deixou a moça em paz.

Os dois velhos ficaram rindo e Deco viu seu pai ali, sempre acreditando em tudo que Zé Preto contava. Não desconfiava daquelas histórias por hábito, já que seu pai não permitia um senão nesse tipo de assunto.

Zé Preto continuou contando outros casos e, enquanto falava, ia virando copos de cachaça, acompanhado de Reis. Deco sentiu muito sono logo na segunda dose, e Zé Preto disse para ele se estender na esteira e dormir.

Quando Reis percebeu que o neto estava em um sono profundo, mudou o rumo da conversa:

— Você sabia que Firmino era meu filho?

Zé Preto o olhou de um jeito que Reis se envergonhou. O que é que Zé Preto não sabia?

O velho foi servir mais uma dose no copo de Reis, mas dessa vez ele colocou a mão em cima dizendo que bastava. Zé Preto ainda se serviu de mais uma, e bebeu com a satisfação de quem ganha uma competição. Reis esperou ele terminar e, depois de um breve silêncio, tornou a falar:

— Você veio da onde, Zé Preto?

— Nasci em Cunha.

— Foi escravo?

— Nasci livre. Em quilombo.

— E como chegou aqui?

— Mulher. Sempre mulher. E aqui fiquei.

— Tem filhos?

— Alguns, mas nunca parei com mulher nenhuma. A vida de curandeiro tem que ser sozinha. Não dá para ter mulher ao lado. Vosmecê não, sua missão foi outra. Mas acho que nós dois cumprimos bem nossos destinos.

— Meu filho algum dia falou de mim?

Zé Preto se levantou e foi mexer o feijão que estava no fogo.

— Nunca falou, mas nunca precisou. Eu sabia de tudo. Ele sentia saudade, gostava muito de vosmecê. Mas estar longe foi um alívio.

— A gente fazia tudo juntos...

— Não é fácil ser filho de vosmecê, muito menos o filho de mais gosto. Ele teve que se desgarrar para viver a própria vida. Com vosmecê, ele seria sempre o filho de João Reis. O grande João Reis. E ele queria ir atrás de sua própria história. Saber quem era, buscar seu caminho.

Reis se lembrou do dia em que viu pela primeira vez a bola de fogo de um cardume no mar. Como nunca tinha visto, ficou assustado. João não. Assim que viu o clarão, se levantou da canoa e ficou olhando hipnotizado. Quando se aproximaram, Reis pegou o anzol e tirou os peixes da água sem cessar. Chamou o filho algumas vezes para lhe ajudar, mas ele não se mexeu. Nem ouvia o pai. Reis achou que era deslumbre, coisa de menino, ficar parado ali olhando o cardume brilhando. Mas agora entedia que não. Ele não se mexeu porque João não era como ele. Sobreviver, prosperar, realizar, esse era o propósito de Reis. Já o filho era orientado pelo impalpável, pela magia, pela alegria. Desde menino, inventava histórias de outro mundo, povoava o mundo de riso. Por isso Reis gostava tanto de estar com ele, porque ele trazia exatamente o que lhe faltava. Mas, por ironia, foi por essa diferença que acabou afastando-o de si.

Reis nunca tinha pensado a partida do filho dessa forma. Sempre achou que o rompimento tinha se dado por conta de mal-entendidos, brigas, conflitos. Pela brutalidade com que bateu nele no último encontro. Nunca pensou que, sem saber, estava privando o filho de ser ele mesmo. E ficou feliz em saber que João pôde construir a própria história, mesmo que, para isso, tivesse que se privar da convivência com o filho de que mais gostava e no qual, ironicamente, mais se via.

De uma hora para outra, Reis ficou feliz que o filho tivesse optado por viver longe dele.

Zé Preto estava à sua frente, mexendo devagar o feijão. *Um curandeiro*, Reis pensou. Em uma tarde, em poucas palavras, ele conseguiu transformar toda a narrativa com que Reis havia se martirizado ao longo dos anos.

João Reis, seu filho, estava certo em partir.

E, assim, o sangue de uma ferida que nunca foi fechada estancou, deixando como cicatriz a certeza de que não deveria existir arrependimento, apenas a aceitação pelo curso das coisas. A vida era nada além da forma como a olhamos, nada além das histórias que contamos para a gente mesmo. A história que Reis construiu sobre a partida do filho tinha como premissa seu remorso e culpa, por isso sempre carregou a pequenez de um enredo de dor e reparação. Porém, a vida era muito maior do que isso.

Ele ficou observando Zé Preto pegar duas cumbucas e servir uma para cada um, picando umas ervas em cima. Reis comeu o feijão e uma sensação de alegria percorreu todo o seu corpo. Não havia erros, nada precisava ser perdoado. A vida sempre inteira em si.

Ficou então olhando para Deco estendido no chão. Qual era sua missão com aquele menino tão parecido com o pai? Ele também teria que deixar Reis para viver a própria vida?

Zé Preto interrompeu seus pensamentos:

— Ao contrário do pai, ele tem que estar perto de vosmecê para crescer.

Reis sentiu os olhos lacrimejarem e, enquanto olhava o feijão na cumbuca, reviu sua vida. A infância no Congo, a vinda para o Brasil, o trabalho nas terras de Dona Maria. Lígia. A bênção que teve ao se mudar para a prainha e o direito de batizá-la Picinguaba. Jesuína, seus vinte e três filhos e o sonho de criar um povoado com escola, comida e trabalho.

— Me lembrei do dia em que eu e João vimos uma bola de fogo...

— Quando a gente encontra ela, nossa vida muda.

— Mas a gente pode demorar muito tempo para perceber...

Zé Preto mexeu a cabeça dizendo que sim.

1943
UM DESTINO

~~~ 7 ~~~

Quando Maria disse que nunca tinha passarinhado, Deco achou que fosse mentira, mas depois pensou que a menina tinha apenas irmãs, e que elas não deviam ter nenhum interesse nisso. Realmente, passarinhar era coisa de menino. Porém, era uma boa desculpa para estarem a sós. Será que Maria tinha pedido para ensiná-la só porque gostava dele?

Os dois ficaram de se encontrar na curva da costeira, perto da pedra alta cheia de bromélias. Era difícil alguém andar por aqueles lados naquele horário, ao menos foi o que Maria disse quando Deco apareceu e viu que ela já o aguardava detrás da pedra, encolhida de frio. Ele também sentia um leve tremor no corpo, mas era de nervoso de encontrar a menina.

— Olha o bodoque que eu fiz — ela disse descruzando o braço e estendendo a mão. Deco examinou sem pressa. A corda estava frouxa e a madeira era fina, mas não disse nada para não desapontar a menina. Na hora que começassem a passarinhar, ele daria o seu bodoque para ela.

Maria não parava de esfregar as mãos nos braços para se aquecer, então Deco sugeriu que subissem o morro daquele ponto, pois assim se esquentariam rápido. Enquanto subiam, Maria contava ofegante a história de um homem que estava na floresta e que havia matado seis filhotes de tucano. O espírito da floresta, não gostando daquilo, fechou a trilha que o levaria de volta para casa. Ele ficou muitos dias perdido, pois todo caminho que encontrava, o espírito vinha e voltava a cobrir com o mato, fazendo ele andar em círculos. Então, eles não poderiam matar filhote de pássaros, senão ficariam perdidos e ela ainda levaria uma sova da mãe por ter ido sozinha com ele para o mato. Deco já tinha ouvido uma história parecida do pai. Se ficasse perdido com Maria, mesmo levando uma sova depois, não seria tão ruim assim.

    Eles andaram meia hora morro acima até o corpo esquentar, aí Deco falou para se sentarem em uma clareira, que ali era bom para ver os pássaros. Deco tirou da bolsa algumas pedrinhas e explicou como ela deveria pegar no bodoque e qual pressão precisava fazer para ser certeira. Os pássaros eram muito rápidos, o movimento deveria ser bem sutil para que não voassem antes de serem atingidos. Maria começou a imitar Deco com seu bodoque, mas logo reclamou que a corda não estava firme. Deco passou o seu para ela.

— Perdi um tempão fazendo e ele não funciona. Na próxima vez, vou pedir para você fazer um para mim. O seu é muito melhor.

    Deco pegou o bodoque de Maria e ficou analisando. Ela não tinha feito a corda da casca de embaúba, por isso não estava firme. Ele ficou imaginando como ela tinha conseguido trabalhar a madeira sozinha. Mesmo que não estivesse bom, já era admirável que uma menina tivesse feito algo assim.

— Deixa ele comigo que eu conserto para você.

— Está bem.

Com o bodoque de Deco, Maria jogou uma pedra precisa no tronco de uma árvore, soltando um grito de contentamento.

— Foi bom mesmo. Para passarinhar a pedra precisa ir assim, direta.

— Vou treinar mais.

Maria tornou a jogar uma pedra atrás da outra, mas todas saíram desengonçadas e fora do alvo.

— Acho que a primeira foi sorte. Não estou acertando nenhuma! Faz para eu ver.

A primeira pedra que Deco jogou fez um estalo alto na árvore. Maria ficou impressionada como ele era bom naquilo.

— Vou pegar as pedras de volta, senão a gente não vai ter para depois.

Maria se abaixou para recolher as pedrinhas em torno da árvore e Deco ficou olhando o jeito que ela tirava o cabelo dos olhos. Quando voltasse de sua primeira viagem de pesca, usaria o dinheiro para comprar algum presente para ela. Podia ser uma caixa de lápis, ou um laço. Deco estava pensando no que ela mais gostaria quando dois saíras-sete-cores pousaram em uma das árvores ao lado. Com rapidez, levantou o bodoque e acertou um deles. A menina levou um susto com o barulho do pássaro caindo no chão.

— Achei que fosse uma cobra!

Deco se aproximou.

— Ele morreu. Rápido, né?

— Se não for rápido, não consegue matar. É um saíra-sete-cores.

— Ele é tão bonito. O que a gente faz com ele agora?

— Nada. Deixa aí.

Maria inclinou o rosto olhando o pássaro e franziu a testa:

— Mata só para deixar aí?

— Dá para comer também se estiver sem comida em casa, mas a brincadeira é quem mata mais. A gente vai juntando e conta no final.

Deco olhou para cima e Maria acompanhou seu olhar. Lá estava outro saíra-sete-cores. Deco armou o bodoque para atingi-lo quando a menina segurou seu braço:

— Esse é o macho — Deco disse. Não vai sair daqui de perto da fêmea.

— Como sabe que é o macho?

— O macho tem a cor mais forte. A fêmea é mais feinha — ele disse chutando o corpo do pássaro para que Maria visse melhor.

— Você sempre faz isso?

— No Camburi sim, mas depois que vim para cá não fiz mais.

— Me dá seu bodoque?

Deco achou que ela iria tentar acertar o macho, mas Maria olhou para o bodoque e depois para ele, e só aí percebeu que ela estava com lágrimas nos olhos.

— Posso ficar com ele?

Deco fez que sim.

— Me promete que nunca mais vai passarinhar?

Ela disse isso e começou a chorar de verdade. Deco ficou sem saber o que fazer e, em sua indecisão, acabou se aproximando e passando os braços pelos ombros dela.

Maria ficou um tempo chorando no peito de Deco, segurando o bodoque entre suas mãos. Quando se recuperou, olhou para Deco, que, sem jeito, tirou os braços dela.

— Não me solta — ela disse fechando os olhos e aproximando sua boca da dele. Deco se lembrou de Amália, das aulas que teve sobre beijos. Com calma, aproximou sua boca até encostar na de Maria e, aos poucos, foi colocando sua língua em seus lábios, sentindo o gosto salgado de suas lágrimas. Ela deixou sua boca abrir e, com a mesma calma de Deco, foi levando sua língua ao encontro da dele. Os dois ficaram se beijando até o gosto salgado sumir.

— Me promete, Deco, que nunca mais vai matar passarinho?

Deco estava tão troncho que mal conseguia entender as palavras da menina. Ele prometia sim, nunca mais matar passarinho e qualquer outra coisa que ela pedisse.

— Prometo.

Maria sorriu para ele, com a boca ainda muito perto da sua.

— Quer namorar comigo?

Deco sorriu e voltou a beijar a menina. Dessa vez, com menos cerimônia para colocar sua língua na dela. Ele ainda beijou seus olhos, bochechas e pescoço, e disse em seu ouvido que tudo que ele mais queria era ser seu namorado.

— Ele perdeu a namorada no mesmo dia que a gente começou a namorar — Maria falou ao ver que o saíra-sete-cores ainda estava rodeando o corpo da fêmea.

— Vou enterrar ela. Senão ele vai ficar para sempre aqui, preso a ela.

Deco cavou um buraco fundo e jogou o corpo do pássaro dentro, cobrindo com terra e folhas. Depois, olhou para o macho e, falando alto, disse para ele ir embora, que agora tinha que procurar uma nova namorada.

— Você tem que pedir desculpa — Maria disse.

— Você acha?

— Sim, senão o espírito da floresta não deixa a gente voltar.

Mesmo descrente, não custava pedir desculpa. Vai que o espírito da floresta fizesse o mesmo que ele fez com o pássaro. Imagine se ele perdesse Maria?

— Desculpa, pássaro. Espero que encontre outra passarinha por aí.

Maria riu.

— Boa sorte, seu pássaro. A gente nunca mais vai fazer isso.

≈

Reis tinha ensinado Deco a remendar rede, a pescar com anzol em água funda e água rasa, a brigar com peixe grande de cima de uma pedra até cansá-lo. Tinha muita coisa ainda para ensinar, e Deco gostava de aprender, mas, cada vez que atracava um barco na vila com vaga para tripulante, o garoto corria até o mestre para pedir trabalho. O avô ponderava que o dinheiro que ele ganharia embarcado poderia ser até menor do que ganhava vendendo peixe em Ubatuba. Deco concordava com Reis e se calava. Não era sobre dinheiro, era sobre sonho, o avô sabia disso, mas, vendo a decepção do neto em cada barco que partia sem ele, tentava consolá-lo.

Se Deco não se sentia à vontade de dizer ao avô o quanto queria entrar em um barco, com Maria falava abertamente. Nos encontros que tinham no fim de tarde, escondidos atrás da casa de Reis, Deco falava de como imaginava a vida no mar, e Maria contava das coisas que ouvia da professora sobre a escola de magistério.

Um dia, Deco estava escalando peixe no rio quando ouviu dizer que naquela manhã chegaria um barco que estava precisando de tripulantes. Havia outros garotos da sua idade que também queriam trabalhar embarcados, então Deco resolveu que, dessa vez, sairia na frente. Pegou a canoa do avô e colocou na água, passando a manhã pescando porquinho junto ao cerco. De lá, seria o primeiro a chegar para pedir trabalho quando o barco fundeasse.

Não demorou, ele viu um ponto brilhando no horizonte. Tirou o anzol da água e ficou aguardando, e logo o ponto ganhou forma e Deco pôde ver que era o pesqueiro se aproximando. Seu nome era Custódia. Deco foi até ele e perguntou a um dos tripulantes se podia falar com o mestre. O homem apontou para a popa e disse para ele subir a bordo e aguardar. O mestre, que se chamava Gabriel, estava mexendo no motor e não conseguiria ouvir nada enquanto o motor estivesse ligado. Deco ficou aguardando no convés até aparecer um homem alto, moreno de pele e com um cigarro no canto da boca. Tomando coragem, Deco disse em um fôlego que queria trabalhar e que seria sua primeira vez embarcado.

— Quantos anos tem?
— Catorze.
— Preciso de um ajudante de convés. Se quiser, amanhã a gente parte cedo.

Deco sorriu.

— Amanhã vou estar na praia antes do galo cantar.

Primeiro Deco contou a Reis, que ficou observando sua alegria. Nunca tinha visto o neto tão envolvido com algo, e ficou refletindo sobre o que era o destino. Quando estamos em nosso caminho, a chama acende. Lembrou-se de quando voltou de Paraty com a certeza de que seu destino era criar aquele povoado. Agora seu neto estava ali, começando a viver o seu.

Depois de pedir a bênça do avô, Deco foi atrás de Maria, que naquela hora deveria estar ajudando a mãe nas coisas da casa. Ao chegar na casa da menina, viu de longe que estava socando o café e que suas irmãs estavam ao seu lado. Não teria coragem de ir até lá, então voltou para casa e ficou esperando o fim de tarde, a hora que sempre se encontravam.

Assim que Maria apareceu, Deco pegou em sua mão e contou a novidade. Sua alegria foi contrastante com a reação da menina, que ficou quieta, mexendo a boca como se estivesse tentando engolir um caroço de jabuticaba.

— O Custódia leva oito homens embarcados, a gente vai sair amanhã cedo. Vou começar como ajudante, mas logo estarei com um posto na pesca. Quando o dinheiro for maior, a gente pensa na data do nosso casamento.

Maria olhou para Deco com carinho. Sabia que ele tinha as melhores intenções, mas sabia que, para uma mulher, ser esposa de pescador que saía embarcado era uma vida ainda mais sofrida. Mas talvez fosse muito cedo para pensar em tudo isso. E mais, ela sempre soube que esse era seu sonho e que esse dia chegaria. Não podia deixar que sua cara amarrasse daquela forma.

— Para onde vocês vão?

— Não sei. Para onde está o peixe. Não é isso?

Maria riu. Sim, devia ser isso.

Os dois se despediram com beijos demorados, escondidos detrás do pé de jambo. Deco disse que traria um presente de viagem e ela foi embora dizendo que contaria os dias para sua volta.

Na manhã seguinte, Deco subiu a bordo e Gabriel explicou rapidamente como eram as coisas no barco e onde ele dormiria. O mar estava muito calmo e eles logo partiram, rodeados por um cardume de golfinhos no boqueirão.

Deco só soube que eles iriam para Vitória quando estavam passando a Ponta Negra. O barco andava bem e Deco queria ficar na proa olhando os povoados por onde passavam, mas Gabriel tinha mandado ele ajudar o cozinheiro, que o colocou para limpar sardinha:

— Quando você voltar para casa, não vai mais querer ver sardinha na frente. Aqui a gente come sardinha frita no café, no almoço e na janta.

Enquanto abria os peixes, Deco olhava pela pequena janela da cozinha. Estavam passando por Paraty e, mesmo de longe, dava para ver que era uma cidade com muitos sobrados e igrejas, igual descrevera o avô. Deco pensou em Amália. Numa hora daquela estava na escola, aprendendo as coisas que gostava. Eles agora tinham vidas diferentes. Pensou também no avô indo rezar uma missa para a mulher morta e para o povoado que queria fundar. Teria sido naquela igreja? Quando voltasse para a vila, chamaria o avô para irem a Paraty. Ele mesmo nunca tinha feito a trilha do Corisco, mas Reis conhecia bem. Quem sabe encontraria Amália. Não falaria que estava namorando Maria, apenas que estava trabalhando embarcado e que já ganhava dinheiro para ajudar a mãe.

Nos dois primeiros dias viajaram até um lugar que se chamava Farol do Cabo Frio, onde atracaram quando escureceu. Era a segunda noite no mar e não tinham achado o peixe, mas Gabriel estava certo de que logo estariam com o porão cheio.

De noite, no escuro, enquanto Sebastião, o proeiro, ficava de olho se alguma ardentia denunciava o peixe, os outros tripulantes ficavam contando casos. Deco estava encostado na cabine e tentava não dormir, atento à conversa. O que mais falavam era de bagunça, e ele estava tão envergonhado de ouvir aquele tipo de assunto, que se sentou ao lado de Piá, pois era o único que não entrava nessas conversas.

Gabriel era o que mais falava. Contou de um companheiro de pesca que estava com trezentos contos no bolso e uma proposta de uma terrinha em Itaguá por esse dinheiro, mas ele, em vez de comprar, voltou para o barco com o dinheiro no bolso e foram para o porto de Santos atrás das meninas.

Foi só falar em Santos que todos os pescadores começaram com um aiaiai.

— Aiaiai, as mulheres mais bonitas. Catarinense, italiana, francesa, capixaba... Só escolher.

— Com dinheiro no bolso, você coloca uma mulher sentada em cada perna.

— Mas se vier um com mais dinheiro, aiaiai, é só ir no banheiro que ele leva a sua mulher.

A turma ria um bocado das histórias. Gabriel voltou a contar do seu conhecido que gastou os trezentos contos em uma noite. Foi muita mulher e muita bebida. E quando o dia clareou, veio a conta. Aí ele foi embora. Sem o dinheiro e sem a terrinha. Gabriel disse que era tanta, tanta garrafa, que quando o dia clareou não tinha nem mais onde colocar garrafa vazia.

Aí cutucou Deco:

— Você que está começando agora. O bom pescador pode comprar muita coisa, mas a maioria coloca tudo para fora. Não compra nada por causa da mulherada. Pega um dinheirinho, aí é bagunça em Santos, e fica sem um tostão. E ainda vem pegar vale com o dono no barco. E olhe, bagunça tem em Ubatuba, Santos, Angra dos Reis. Qualquer lugar que o pescador chegar tem bagunça. Daqui a pouco a gente chega em Vitória e você vai ver.

Deco sabia que com ele seria diferente. Ele tinha que dar dinheiro para a mãe. Cachaça, não gostava. E seu pensamento estava sempre em Maria.

No dia seguinte, ainda de porão vazio, seguiram por mais vinte horas do farol de Cabo Frio até o Cabo de São Tomé, enfrentando vento contra. Deco já estava ficando enjoado de tanto cheiro de fritura. Sem achar o peixe, não tinha trabalho no convés e Deco ficava o tempo todo ajudando o cozinheiro.

Na terceira noite de vigília, a conversa não estava tão animada. Tinham gastado com óleo, gelo, e nada do peixe aparecer. Logo teriam que comprar mais gelo. Só prejuízo. Gabriel ficou o tempo todo ao lado de Sebastião, atento como ele para ver se viam o cardume brilhar no mar.

Deco tinha dormido desde o pôr do sol e acordou com vontade de ir ao banheiro. Estava pendurado no fundo da embarcação quando percebeu a boreste um pequeno ponto brilhoso. Podia estar enganado, mas, se não fosse uma baleia, era um cardume dos grandes, pois, mesmo distante, o brilho era intenso. Correu até a proa:

— Ali ó, a ardentia.

Gabriel não conseguiu ver nada. Sebastião ficou parado olhando na direção que Deco tinha apontado. Colocou a mão para cima, sentindo o vento.

— Vamos naquela direção — disse apontando para o mesmo lugar que Deco.

Não demorou para verem com nitidez o cardume brilhando. Os peixes borbulhavam em cima da água. Gabriel e Sebastião falaram ao mesmo tempo: "Olhudo!".

— Peguem a rede. Achamos o cardume! — Gabriel gritou passando a mão na cabeça de Deco. — Você achou o peixe! Pode ficar do lado do Sebastião vendo como ele orienta os rapazes!

Foi um corre-corre no barco. Em pouco tempo, o caíco estava na água. Como era o proeiro, Sebastião que comandava, e quando gritou para lagar a rede, o caíquero cercou o peixe gritando:

— Olha quanto olhudo!

A tripulação que ficou no barco puxava a rede de um lado enquanto os homens no caíco puxavam do outro. Por fim, uma grande quantidade de peixe foi despejada no convés. Só na pesca da tainha Deco tinha visto um cardume assim. Todos trabalhavam para colocar o peixe no gelo do porão, e Gabriel, que coordenava os homens, passou por Deco dando um tapinha em seu ombro:

— Bom trabalho, moleque!

O barulho do cardume, os homens trabalhando em sintonia, a destreza para tirar o peixe da água sem deixar escapar, Deco estava tão excitado com aquilo que não conseguia dormir. Quando enfim conseguiu pregar os olhos, acordou com a voz de Piá protestando:

— Vão pagar menos no peixe aqui!

— Quem disse, Piá? No Rio não estão pagando tão bem assim!

— No Rio de Janeiro pagam muito mais! E só com dinheiro novo... Não esses papéis velhos que quase rasgam na mão.

— Conheço o dono da peixaria aqui! Ele é um homem correto. Fica tranquilo.

Além de timoneiro, Piá era o mais velho do barco e o único que contestava Gabriel. Deco ouviu que estavam em Vitória, e, vista do mar, a cidade era maior que Ubatuba. Mesmo reclamando, Piá direcionou o Custódia até o porto, onde Gabriel desceu. Deco acabou dormindo de novo, mas logo acordou com Gabriel mandando descarregarem o peixe.

Ficaram um bom tempo tirando as caixas do barco, enchendo o barco de óleo, gelo, água doce e carvão. Gabriel só subiu a bordo depois que tudo estava pronto. Tirou um monte de dinheiro enrolado em um papel e começou a separar as notas. Deco, admirado com tanto dinheiro, foi o primeiro a receber. À medida que Gabriel ia chamando os tripulantes, o monte de nota entregue era maior. Por último, ficaram Gabriel e Sebastião, que dividiram o dinheiro restante por igual. Deco não sabia que um proeiro ganhava tanto quanto o mestre e decidiu ali mesmo que um dia teria esse posto.

Assim que saíram do porto de Vitória, Gabriel mandou subir a costa. Piá voltou a reclamar, mas a algazarra foi tão grande que nem dava para ouvir sua voz.

Em pouco tempo, aproximaram-se da foz de um rio barrento. Gabriel disse que era o Rio Doce. Como Piá não parava de protestar, Gabriel assumiu o leme e ficou parado na entrada do rio esperando um navio grande se aproximar. Assim que o navio passou,

Gabriel colocou o Custódia atrás dele. Quando chegaram perto do cais, Deco viu que era um ponto controlado, e que várias embarcações estavam esperando a liberação para pisar em terra firme.

Piá se aproximou de Deco resignado, que estava encostado no convés observando:

— Olha quanto barco esperando. O que acha que tem aqui? Bagunça! É só nisso que pensam.

Em pouco tempo chegou a vez do Custódia atracar. Um homem armado entrou no barco, pediu a lista dos tripulantes e se certificou de que ninguém estava bêbado. Depois, começou a chamar cada tripulante pelo nome, que, ao pularem para o píer, eram mais uma vez vistoriados para não passarem com bebida.

Quando ele falou o nome de Piá, o próprio Gabriel respondeu por ele, dizendo que ficaria tomando conta da embarcação. Depois, o homem falou o nome de Deco, que disse que ficaria ajudando Piá. Gabriel disse que não, que ele tinha que descer. Deco não podia ir contra a ordem do mestre, então pulou do barco. O último a descer foi Gabriel, que passou a mão no ombro de Deco assim que saíram do portão vigiado pelos homens armados.

Uma rua comprida de barro, com uma casa ao lado da outra, se estendia até perder de vista. Todas as casas eram de mulheres. Deco arregalou os olhos. Nunca tinha visto tanta mulher junta e com roupas tão curtas.

Gabriel perguntou a Deco se era virgem, e ele apenas balançou a cabeça. O mestre começou a rir e chamou a tripulação:

— Hoje esse garoto vai conhecer a melhor coisa da vida!

Todos começaram a dar tapinhas nas costas de Deco, que, ofendido, chamou Gabriel de canto e disse que não poderia gastar seu dinheiro com aquilo, pois a mãe e as irmãs dependiam dele.

— Não se preocupe com dinheiro. O barco Custódia vai te dar de presente.

Gabriel seguiu rua acima fazendo graça com as mulheres das casas e Deco o seguiu contrariado. Maria não saía de sua cabeça, principalmente a imagem das poucas vezes que viu seus pés sem sapatos, aumentando a vergonha de estar ali, um lugar que Piá havia chamado de sujo. De cabeça baixa, pensando em como conseguiria escapar daquela situação, evitava olhar para as moças que conversavam com Gabriel, até que ele resolveu entrar em uma das casas, dizendo que ali estavam as melhores, que disso ele entendia.

— Sua primeira vez será inesquecível!

Ao contrário da rua, a casa era escura e esfumaçada. Uma música tocava em um aparelho que Deco nunca tinha visto. Havia algumas mesas espalhadas pela pequena sala onde homens fumavam cigarros e bebiam café. Eles tinham papéis na mão, que Gabriel logo explicou que era jogo de cartas.

— Beber não pode, mas jogo sim — disse apontando para uma mesa vazia. Gabriel se sentou seguido de Sebastião e do moço que era responsável pelo gelo do Custódia. Deco ficou em pé, pois não havia mais cadeiras, mas Gabriel levantou o braço e uma moça se aproximou com uma. Ela usava uma peça de roupa que cobria apenas seu ventre, sua barriga e parte de seu seio. Deco arregalou os olhos ao ver o volume dos seios da moça.

Com as pernas bambas, sentou na cadeira e olhou para Gabriel, que estava pedindo café e algumas coisas para comer. Tomando coragem, Deco levantou os olhos para observar melhor a sala. Havia muitas mulheres com o corpo exposto e todas eram muito bonitas.

Sebastião e o geleiro logo levantaram para dar uma volta, mas Gabriel ficou sentado com Deco.

— Olha bem, Deco, porque tanta mulher bonita você vai ver poucas vezes na vida. Nem a beleza delas vai durar muito, porque a carne apodrece rápido. É que nem peixe quando sai do mar. Logo não presta. Está vendo aquela morena? Olha o sorriso dela. Mulher tem que ser alegre. Mulher emburrada é gastar dinheiro à toa.

Gabriel levantou a mão e a moça para quem ele havia pedido o café se aproximou.

— Chama aquela morena aqui.

A menina se aproximou e se sentou no colo de Gabriel, pertinho de Deco. Ao sentir o cheiro da moça, a imagem de Maria desapareceu de seu pensamento, e ele só conseguia enxergar o umbigo da moça que balançava cada vez que ria das graças de Gabriel. O café e um bolo de milho chegaram nesse momento, e, apesar da fome, Deco não teve coragem de se servir. A moça cortou uma fatia e começou a colocar na boca de Gabriel. Esse, percebendo a falta de jeito de Deco, mandou que desse para ele também.

Quando ela colocou os dedos com o pedaço de bolo em sua boca, seu medo e vergonha se transformaram em vontade. Não tinha Maria ou dinheiro para entregar à mãe que falasse mais alto do que a vontade de tocar no corpo daquela mulher. Mas ela estava no colo de Gabriel e ele enlaçava cada vez mais forte sua cintura.

— Os quartos ficam lá atrás? — Gabriel perguntou.

A moça, brincando com as migalhas do bolo que tinham caído na calça de Gabriel, fez que sim.

— Vamos lá então! Mas antes preciso de uma moça aqui para esse rapaz. Alguma carinhosa, porque é a primeira vez dele.

A moça olhou com espanto para Deco, passando a mão em seu rosto:

— Que olhos lindos.

Deco, mudo, estava obcecado pelas formas da moça, principalmente pela curva de seus seios.

— Aqui na casa da Madame não tem ninguém mais carinhosa que eu.

Gabriel coçou a cabeça. Estava pronto para partir para o quarto, nem passou pela sua cabeça ceder a moça ao novato. Mas ele estava tão petrificado ao seu lado que Gabriel ficou balançado. Para ele seria só mais uma entre tantas mulheres dos portos do Brasil. Para Deco não, seria a primeira de sua vida. Gabriel havia perdido a virgindade com uma francesa do porto de Santos escolhida por seu tio. Ele entendia de barcos e mulheres; Gabriel aprendeu tudo com ele. Pena que tivesse morrido tão novo.

Gabriel olhou para a menina que aguardava em seu colo. Pelo tio, cederia a moça.

Subindo as mãos da cintura para bolinar os seios da menina, cochichou em seu ouvido. Ela tornou a olhar com ternura para Deco e se levantou da mesa.

Colocando a mão nos ombros do menino e fixando seus olhos, o mestre disse as mesmas palavras que ouviu do tio:

— Fique calmo. Nada de afobação. Pensa que você está com um peixe grande no anzol. Tem que puxar com calma, até o peixe cansar. Só depois você tira da água.

Deco não entendeu, mas acenou com a cabeça. A menina voltou para a mesa de mão dada com outra que tinha as pernas mais grossas e o quadril maior, com quem Gabriel seguiu para dentro. A outra pegou na mão de Deco e sussurrou que cuidaria dele, puxando-o na mesma direção até entrarem em um quarto mal iluminado.

— Meu nome é Gilda. E o seu?

— Deco.

— Deco, eu vou ficar aqui na sua frente, aí você pode tirar minha roupa e pegar nos meus peitos, se quiser. Pode chupar também.

Ele queria arrancar tudo e entrar em sua carne. Um espinho de piá entranhando no pé de quem pisa em cima dele. Mas lembrou-se da história do peixe preso no anzol e entendeu o que Gabriel queria dizer. Peixe grande escapa fácil, não pode ter pressa. Conhecia essa verdade na água, agora ia conhecer na cama.

Deco fez o que primeiro deu vontade. Colocou um dedo no umbigo da moça. Ela se contorceu, dizendo que aquilo fazia cosquinhas. Ele recuou, mas ela pegou sua mão e fez com que continuasse. Ele colocou um dedo depois do outro e depois, abrindo as duas mãos, colocou uma em cada seio. Não existia no mundo textura parecida com aquilo. Duas carnes macias e pesadas. Só de segurar aqueles dois seios, Deco entendeu todas as histórias dos pescadores que perdiam todo o dinheiro em bagunça.

— Tira meu sutiã — a moça falou.

Deco puxou para baixo o pedaço de pano que cobria seus seios e os dois mamilos pularam para fora.

— Agora chupa – ela mandou, pegando o rosto de Deco.

Ao colocar sua língua no ponto duro do mamilo, Deco estourou. Quieto, em silêncio. O peixe tinha acabado de pegar o anzol. Agora começaria a luta. Aliviado, Deco pôde seguir todas as ordens da moça, que o tratava como um menino que precisa de instruções. Tira a calcinha, cheira, coloca o dedo aqui, ali. Segura para colocar, deixa entrar devagar. Continua devagar. Agora, de quatro, pode ser mais rápido. Bate na minha bunda. Isso. Para agora e respira, que ainda tem mais.

Se tivesse que dar todo o dinheiro que ganhou nas últimas luas, ele daria. Não existia mais mãe, querosene e sal. Nem Maria.

Naquela tarde, Deco entendeu o que chamavam de bagunça.

Quando Piá atracou o Custódia para pegá-los, já era quase noite. Todos estavam com a boca arreganhada de tanto rir. E o silêncio da noite foi extenso.

Na manhã seguinte, rumaram o barco para o sul, voltando para casa. Cercaram dois cardumes grandes e, em Angra dos Reis, descarregaram por uma boa quantia.

Perto de Picinguaba, Deco contou mais uma vez quanto tinha no bolso. Além do dinheiro, ainda podia sentir a textura da pele da moça do porto de Rio Doce. Era exatamente essa vida que ele queria. Peixe, dinheiro e porto.

Ao desembarcar em Picinguaba, Reis viu o brilho nos olhos de Deco e soube que agora ele tinha começado a viver o seu destino. A partir dali, as coisas seriam com ele mesmo.

Maria, que recebeu um pequeno anel de presente, disse que os sapatos novos de Deco, comprados no porto de Angra, eram lindos, mas que não bastava ter sapatos, ele teria que aprender a andar com eles.

1947
OS DENTES DA TINTUREIRA

~~~ 8 ~~~

Nos quatro anos seguintes, Deco percorreu grande parte da costa do Brasil trabalhando no Custódia. Gabriel não tinha família e gostava de ficar muito tempo embarcado, desbravando portos longe de Ubatuba. Apesar da saudade de Maria, ficava fascinado por conhecer tantos lugares e ver que Camburi e Picinguaba eram apenas pequenas vilas esquecidas do resto do país.

Deco conheceu muita coisa nova. Aprendeu a se sentar em mesa para comer e a usar talher. Aprendeu a usar sapato. Mas, de tudo, o que mais o impressionava era ver o Rio de Janeiro iluminado durante a noite. A cidade parecia um ponto de ardentia muito brilhante no meio do mundo. Como podia existir uma coisa daquela que chamavam de lâmpada? Um pedaço de vidro com luz dentro sem querosene ou óleo? E as máquinas que funcionavam sozinhas? E os carros, como uma coisa daquela podia funcionar?

Os barcos gostavam de descarregar na capital, pois as peixarias pagavam só com dinheiro novo. Mas era muita concorrência, então nem sempre atracavam ali. Deco ficava tão abismado quanto assustado naquele mundo do qual sua vila não fazia parte. Quando voltava para casa e contava as coisas pela vila, as pessoas custavam a acreditar. Maria adorava ouvi-lo, e fazia ele prometer que um dia a levaria para conhecer a capital do país e ver se era verdade que brilhava mais que ardentia no mar.

Reis também gostava de escutar as histórias sobre os portos, mas, se para Maria tudo era uma possibilidade, para ele não tinha a mínima importância. Estava ficando velho e, cada vez mais, o único mundo que importava era o que trazia dentro de si.

De ajudante de convés, Deco logo virou ajudante de proeiro, pois era muito bom em enxergar o peixe mesmo de longe. Enquanto Sebastião se entretinha na conversa com os companheiros, Deco ficava com os olhos fixos no mar procurando o peixe. Na hora de cercar, Sebastião era muito experiente, e compartilhava com Deco tudo que sabia em troca de suas horas de vigília.

— O bom proeiro traz uma coisa aqui, ó — Sebastião dizia colocando a mão no meio da testa de Deco. — A gente simplesmente sabe onde está o peixe.

Um dia, eles estavam passando por Ilhabela quando um vento forte pegou eles de lado e jogou-os para longe da costa. Gabriel assumiu o leme e lutou para levar o barco para um lugar mais abrigado, mas foi em vão. O vento só aumentava e o mar engrossava, e eles não conseguiam vencer a corrente que os levava para alto-mar. A tripulação se jogou no convés, segurando onde podiam. O barco batia de frente nas ondas, fazendo um estalo na madeira que amedrontava a tripulação. Gabriel não tinha desistido do leme até ouvirem um estalo maior que todos. Ele não sabia se haviam batido em uma laje ou se tinha sido o impacto de uma onda, mas na hora o leme se soltou e Gabriel foi jogado ao chão.

— Agora rezem!

A chuva forte atravessou a noite, mas, quando veio a primeira claridade do dia, o mar estava manso e a tripulação começou a ver os estragos sofridos pelo Custódia. Muita coisa estava quebrada.

Além do leme, o motor não estava funcionado. A comida que estava estocada no convés havia sido arremessada pelas escotilhas. Água doce não tinham.

Gabriel logo contabilizou que aguentariam um bom tempo naquelas condições, mas que se não fossem encontrados, sem água doce, uma hora iriam sucumbir.

O peixe que pescavam, comiam cru, pois não tinham mais carvão. O sol inclemente maltratava a pele e os deixava desidratados. Deco enfim entendeu por que ninguém o havia contratado quando era fraco e franzino.

Depois de dias à deriva, as miragens começaram a aparecer. Toda hora alguém gritava que havia algo no horizonte, sempre por engano. Em vez de bagunça, os tripulantes passaram a falar em monstros e sereias. No começo todos tinham um caso para contar, mas, com o passar dos dias, o silêncio foi tomando conta, e nem mesmo Gabriel abria mais a boca.

Estavam há dez dias à deriva quando enfim apareceu um barco no horizonte, e como toda a tripulação estava vendo, não era miragem. Deco foi chamado para subir no mastro para balançar um pano branco. Para alívio de todos, não demorou para a embarcação se aproximar. Assim que foram socorridos, todos pediram água. Só Gabriel que, antes de tudo, pediu um cigarro. E, assim que tragou profundo, caiu para trás.

≈

O Custódia ficou um bom tempo parado na marina de Santos fazendo reparos, mesmo assim, quando ficou pronto, Gabriel ainda estava se restabelecendo. Deco havia sido chamado até sua casa em Ubatuba e, quando chegou, o encontrou deitado em um quarto escuro. Não era mais aquele homem falante, nem deixava o cigarro no canto da boca.

— Eu vi a morte, Deco. Era uma trilha fechada, com um clarão. Tive a permissão de voltar, mas fiz a promessa de ficar doze fases da lua sem ir para o mar.

Deco ficou surpreso de ver o mestre do Custódia fragilizado daquela forma. Não tinha família, mulher, nada. Deco sempre viu Gabriel como um homem invejado, mas, naquele momento, não passava de uma pessoa solitária.

— Eu posso fazer alguma coisa pelo senhor? — Deco perguntou com comiseração.

Gabriel se ajeitou na tarimba, incomodado:

— Eu vou sair dessa, não te chamei aqui para te pedir favor não! Te chamei para te dar trabalho! O Custódia está pronto e precisando de proeiro. Sebastião foi pescar sardinha e não vai sair de lá pois está dando muito dinheiro. Eu tenho que esperar as doze luas, não falta muito, mas, por ora, o dono do barco chamou o Anésio para ser o mestre.

Deco se envergonhou de tê-lo olhado com pena. Gabriel estava trancado sozinho naquele quarto escuro e ainda assim estava oferecendo a maior chance de sua vida:

— Desculpe, senhor. Eu tenho tanto para agradecer que só queria fazer alguma coisa por você. É verdade essa história de proeiro?

— Não precisa fazer nada, não. Eu estou fazendo isso por mim. Você não pode sair do barco, aconteça o que acontecer. Anésio não é um homem fácil, e eu só vou conseguir voltar para o Custódia se você estiver lá e me ajudar a colocar ele para fora.

— Sim, senhor.

— Já avisei que será o novo proeiro. Você é muito novo, mas vai dar conta do posto. Só que ninguém vai querer respeitar sua cara de menino.

Deco ficou tão exultante que seria proeiro, que nem deu atenção às palavras de Gabriel. Achou que os dias trancado no quarto estavam pesando em sua cabeça, por isso falava daquele jeito. No entanto, na primeira viagem no Custódia, entendeu o que ele quis dizer.

Anésio acordava e a primeira coisa que fazia era beber cachaça. Era homem que sabia trabalhar com a cara cheia, mestre experiente, mas tinha um gênio horrível por conta da bebida.

— Você ouviu, Anésio? A gente tem que ir para detrás da Anchieta. O peixe está para lá!

Deco estava dando o rumo desde que haviam passado por detrás da Ilha do Prumirim, mas Anésio continuava com o barco em direção à Ponta Negra. Deco tinha o posto de proeiro, mas, se não fosse respeitado pelo mestre, pouca importância tinha.

Deco se viu arremessando Anésio para fora do barco, porém, em vez disso, foi até o cozinheiro e, num ímpeto, mandou que jogasse o almoço no mar. Gabriel havia avisado, e ele não podia recuar. Se todos na embarcação não o obedecessem, inclusive o mestre, não teriam comida.

Quando o resto da tripulação viu a comida sendo jogada, ficou revoltada e foi tirar satisfação com Anésio, que estava olhando o motor do barco.

— Como jogaram a comida? Quem deu a ordem?

Anésio parou o barco e só depois de jogar a âncora foi tirar satisfação com o cozinheiro, que estava apoiado ao lado de Deco vendo a comida boiar.

— Eu sou o mestre! Você não pode fazer nada sem um mando meu!

— Foi o proeiro quem mandou — disse o cozinheiro, que gostava de Deco e sabia que Anésio não respeitaria um menino daquele.

O clima estava quente e toda a tripulação foi se aproximando.

— E desde quando proeiro manda mais que mestre?

— Gabriel foi claro que você tem que me obedecer. Eu que sei onde está o peixe!

Anésio tentou acertar Deco com um soco, mas foi impedido por um dos tripulantes. Começou então uma discussão geral. Muitos estavam de acordo que Deco não podia ter mandado jogar a comida, mas o mestre tinha que obedecer o proeiro no rumo do barco. A discussão continuou até Anésio gritar para todos voltarem às suas funções. Para o timoneiro, disse que não iriam nem para Anchieta nem para Ponta Negra.

— Coloca o barco em direção à Ribeira.

Deco entendeu que estavam indo até a Ribeira porque a capitania ficava lá, e, como mestre, Anésio poderia desembarcá-lo mesmo sem a tripulação estar de acordo.

Havia perdido o jogo.

Ao desperdiçar a primeira chance que teve de ser proeiro, Deco também adiava o casamento com Maria, pois dependia de um pagamento melhor para pedir a sua mão. Em duas viagens como proeiro já poderiam se casar. Deco construiria uma casa e compraria uma cama de colchão. Ele e Maria não dormiriam em esteiras ou tarimbas. E seus filhos teriam sapatos e documentos, e se Maria quisesse também frequentariam a escola.

Porém, como ajudante de proeiro, demoraria muito para se casar. A bagunça era boa, mas ele queria mesmo era bagunçar com Maria. Sonhava em ensinar a ela as coisas que havia aprendido percorrendo os portos do país. Ensinaria com a mesma suavidade que um dia Amália ensinou o beijo de língua. Agora, Deco sabia que existiam vários tipos de beijo, e que a língua podia entrar em todos os lugares. Era tanta coisa que ele queria ensinar à Maria... E agora o barco estava indo para a Ribeira, onde ele desembarcaria com seus sonhos.

Deco ficou parado no boreste do barco, olhando o alto-mar. O cozinheiro continuava ao seu lado, dizendo a Deco que não se preocupasse, pois ainda seria um proeiro respeitado, quando ouviram alguém gritando:

— Olha a tintureira rodeando o barco...

Anésio, que estava na proa puxando a âncora, se assustou com o grito e, bêbado, se desequilibrou e caiu no mar. A tripulação ouviu o barulho do corpo caindo na água e se desesperou. A tintureira, que estava a alguns metros do barco, logo se aproximou. Eles correram para pegar uma corda para jogar para Anésio, mas ele estava paralisado pelo medo. O cação começou a rondá-lo com sua barbatana fora d'água. Alguns homens começaram a atirar pedaços de coisas na tintureira, mas em vão.

De repente, ouviram o barulho de mais um corpo caindo no mar. Deco, no desespero do amor, do corpo de Maria, do seu sonho de subir na pesca, viu na tintureira sua última chance de manter seu posto.

Com o canivete na mão, pulou na água do outro lado do barco e começou a assobiar. Ele sabia que se chamava a tintureira pelo assobio. Ouvia as histórias dos pescadores que iam pegar guaiá na costeira assobiando, e que a tintureira, atraída pelo assobio, vinha pela água e pulava na pedra para pegar o pescador. O irmão mais moço de sua mãe tinha o apelido Tintureira porque foi atacado assim.

Deco ficou assobiando do outro lado do barco e a tintureira, que já estava rodeando Anésio, pronta para atacá-lo, acabou mudando o rumo e foi atrás de Deco. Dois homens, vendo que o cação havia se afastado, pularam do barco e tiraram Anésio da água com uma corda.

Deco, de dentro da água, viu a barbatana da tintureira se aproximar em semicírculos. Pensou em seu avô, que teve o sonho de criar um povoado e conseguiu. Prendendo a respiração, segurou com força o canivete e mergulhou para esperar o ataque debaixo d'água. A tintureira se aproximava com a boca aberta. Tremendo de pavor de não acabar apenas com os seus sonhos, mas com a sua vida, esperou ela chegar bem perto, e com toda sua força, deu um impulso para fora da água, retornando com o canivete apontado para o cação. Não podia errar. O apagador do bicho era debaixo da nadadeira, mas ele tinha que cravar a pequena faca com toda força de seu corpo para conseguir matá-lo em um só golpe.

Do barco, a tripulação viu o mar se encher de sangue, e começaram a gritar desesperados. Anésio, sentado na proa, tremia.

Todos ficaram curvados no barco olhando para baixo. Depois do ataque, o movimento do mar havia silenciado. O sangue se espalhava pela superfície, e a tintureira não tinha feito mais nenhum ataque, mas nem ela nem Deco apareciam. Todos acharam que ele tinha sido carregado para o fundo, e alguém disse com tristeza que Seu Reis perderia mais um no mar.

— Que Deus o leve em paz.

Só quando o sangue se dissipou, que eles viram o corpo do cação boiando. Deco, ágil, havia nadado para o bombordo e subido pela corda que havia sido colocada para salvar Anésio. Chegou por trás dos homens, sem que percebessem:

— Tirem a tintureira da água!

O susto foi tão grande que alguns quase caíram do barco. Outros acharam que se tratava de assombração e fizeram o sinal da cruz.

— Tirem o bicho da água — Deco ordenou. Agora não titubearia mais. Se eles queriam um motivo para respeitá-lo, ele estava lá, boiando na água.

Os homens jogaram cordas na água e um deles teve que pular para amarrar na calda do cação. Deco ficou sentado na proa, afiando o canivete. Anésio tremia ao seu lado.

Quando o peixe estava enfim no convés, Deco pegou o canivete e arrancou vinte e três dentes da tintureira, com os quais faria um colar. Uma homenagem ao seu avô, que realizou seu propósito. O colar seria um sinal para que ninguém mais o desrespeitasse.

≈

— Que colar é esse? — perguntou Maria, passando a mão pelo peito bronzeado de Deco.

— De uma tintureira que matei. Enfiei o canivete no apagador do bicho.

— O canivete do seu pai? O pequeno?

Deco balançou a cabeça. Ao invés de ficar impressionada, Maria ficou olhando pensativa para Deco.

— O que foi? — ele perguntou, colocando Maria em seu colo.

— Nada...

Deco pegou a sacola que guardava seu dinheiro, a mesma que Reis havia lhe emprestado na primeira vez que foi levar dinheiro para a mãe. A sacola agora era pequena para a quantidade de dinheiro que trazia.

— Abre!

Maria abriu e se espantou com a soma. Deco riu da cara dela.

— De agora em diante vai ser assim. Sebastião conseguiu um trabalho em uma sardinheira e eu sou o novo proeiro do Custódia. Se não tivesse matado a tintureira, tudo estaria perdido. Mas, enquanto esse colar estiver no meu peito, ninguém me tira de lá.

Maria devolveu a sacola para Deco.

— Pega um pouco para você!

Maria balançou a cabeça. Antes, nos primeiros tempos embarcado, Deco chegava andando torto, mareado. Precisava de tempo para tirar o balanço do corpo, o silêncio dos dias em alto-mar, as noites em vigília. Falava pouco da viagem, apenas que o trabalho na cozinha era duro e que tinha que tomar muito cuidado para não se queimar no óleo quente ou com o carvão. Mas depois que virou ajudante de proeiro, Deco voltava falante, com a sacola cheia de dinheiro e com um brilho nos olhos que acertava Maria no fundo do seu coração. A pele bronzeada dos dias exposto ao sol, os músculos grandes de tanto esforço físico, a mão cheia de calos. Maria se derretia quando ele a pegava com facilidade e a colocava assim em seu colo, tão perto de sua pele, de sua boca e olhos.

— Pega aqui esse tanto. — Pegou umas notas da sacola e colocou em sua mão. — Amanhã vou pedir a sua mão em casamento!

Maria abraçou Deco bem forte e ele a apertou em seus braços.

— Você é o meu benzinho!

— Deco, a professora me chamou para ser assistente dela.

— E o que uma assistente faz?

— Ajuda na escola a ensinar os menores. Essas coisas.

Deco passou a mão sobre os ombros de Maria, puxando a alça de seu vestido para o lado.

— Olha como você está marcada de sol, tem um risquinho branco aqui. Eu tenho orgulho de você saber tanta coisa. Tanto que agora até ajuda a professora!

Maria olhou para a marca no ombro. Onde ficava a alça do vestido, havia mesmo uma risca branca. Depois abaixou a cintura da calça de Deco.

— Você também está com marca. Olha como está branco aqui.

Deco achava que ia explodir quando ela tinha essas intimidades. Tinha vontade de arrancar seu vestido com força e prendê-la para sempre ali, dentro de casa. Em vez disso, abraçava-a com força e cheirava seus cabelos, consolando-se no casamento próximo. Maria ainda tentou passar as pontas dos dedos na parte branca do ventre de Deco, mas ele arrancou sua mão.

— Não me provoca.

Ela riu, colocando os dedos na boca. Deco se levantou, tirando-a de cima dele.

— Amanhã vou falar com seu pai! Mas agora é melhor você ir embora...

Maria se levantou arrumando o vestido e parou na frente de Deco. Queria morar para sempre em seus olhos.

— Eu te amo, Deco!

Os dois ficaram um longo tempo abraçados até Maria se afastar e partir.

≈

No dia seguinte, Reis tinha ido pescar de madrugada e, quando chegou, preparou o café com o caldo de cana e ficou na varanda cuidando das plantas que usava de tempero até Deco acordar. Quando ouviu o barulho do neto saindo de casa para fazer as necessidades da manhã, colocou a banana e o café para esquentar. Deco entrou em casa e sentiu o cheiro da garapa com o café.

— O senhor viu que eu trouxe açúcar?

— Vi sim. Você gosta disso?

— Açúcar é muito bom!

Reis balançou a cabeça.

— Prefiro o café com garapa. Aqui, olhe. Pegue aqui. Está quente. Pegue a banana também.

Como sempre, Reis ficou sentado no banco alto e Deco no banco baixo.

— Esse colar é dos dentes da tintureira?

— Sim, senhor.

— O povo está falando que você salvou a vida de um sujeito de Ubatuba.

— O Anésio é o mestre do barco. Vive com a cabeça cheia de cachaça. Ele quase me tirou do posto de proeiro. Se não fosse a tintureira aparecer... Ela que me salvou.

— Você teve que matar quem te salvou para se proteger de quem te fazia mal.

— Mais ou menos isso.

— As histórias da vida são sempre assim, feitas de revezes.

— Sim, senhor.

Quanto mais o tempo passava, mais Reis se enchia daquelas frases que Deco não conseguia entender, mas que concordava com todas. Os gestos do avô estavam mais lentos, seus olhos estavam começando a ficar com uma nuvem branca e algumas cicatrizes, que nem os olhos de Zé Preto e Dona Nega. Pelos cálculos de Deco, ele estava com quase noventa anos, mas ainda era mais forte que muito homem que tinha metade de sua idade.

— Vô, agora que estou trabalhando de proeiro, já ganho um dinheiro que dá para eu ter família. Eu quero ir no Seu Alberto pedir a mão de Maria em casamento.

— A moça está querendo casar com você?

— Sim, senhor.

— Quanto tempo estão namorando?

— Uns quatros anos, mais ou menos.

— Vocês já tiveram relação?

Deco se enrubesceu.

— Não, senhor.

Reis se levantou para se servir de banana.

— As italianinhas são cheias de planos para o futuro. Você sabe, né?

— Como assim?

— Estudam com seriedade. Olham para o além dessas montanhas quando falam da vida.

— Maria já vai terminar a escola. Ela pode continuar ajudando a professora depois que acabar.

— Olha, filho. Fiquei muito tempo com Jesuína. Nosso casamento foi muito bom. Mas o que faz um casamento assim não é amor, é quando os dois têm os mesmos sonhos. Eu e Jesuína sonhamos em construir um povoado. Mesmo ela sendo branca e sabendo escrever, e eu preto e analfabeto, a gente era feito da mesma coisa, da vontade de formar nosso lar nessa mata e nesse mar. Você e Maria sonham a mesma coisa?

— Sim, senhor.

Reis ficou olhando para Deco com ternura. Claro que ele ainda não tinha tempo de vida para entender do que estava falando. O sonho de um garoto, além de fazer as coisas que gostava, era se deitar com a mulher amada. No caso de Deco, era a pesca. Ele sairia embarcado e, quando voltasse, teria a esposa esperando com a comida pronta, a casa limpa e o corpo fresco. Certamente esse é o sonho de qualquer menino da vila. A próxima página, os sonhos que são apenas nossos, que falam sobre nossa alma e menos sobre nossa carne, só o tempo conseguia revelar.

— Você vai hoje falar com Seu Alberto?

— Sim, senhor. Combinei com a Maria.

— Quer que eu vá com você?

— Quero sim! — Deco disse com certa inibição. Não queria demonstrar falta de coragem de ir falar com Alberto, mas, sem dúvida, era um grande alívio estar acompanhado do avô.

No fim de tarde, Reis e Deco estavam subindo o morro. O garoto ainda tinha dificuldade de andar no barro úmido com seus sapatos e Reis via graça na sua falta de jeito. Ele nunca tinha colocado um sapato no pé e iria morrer sem colocar, mas entendia que para se casar com uma das italianinhas tinha no mínimo que chegar calçado.

Reis bateu palmas três vezes quando chegaram em frente à casa. Quem colocou a cabeça para fora foi a própria Maria, e eles puderam ouvir sua voz avisando ao pai que o Seu Reis estava ali. Não demorou, Seu Alberto saiu para a varanda:

— Seu Reis! Passe para cá, eu vou pedir à mulher para passar um café para nós.

Reis foi até a varanda e se sentou na cadeira de madeira oferecida por Alberto. Aquela era uma das poucas casas da vila que tinha cadeira. Deco ficou em pé ao seu lado, os dois esperando em silêncio a volta de Alberto.

— Vocês tomam café amargo? Aqui a gente não tem costume de passar o café na garapa. A gente toma amargo. Mas, se quiserem, posso pedir uma garapa na casa do Seu Manuel Felipe.

— Não se incomode não. Café amargo é bom também.

— Tem uns biscoitos que a mulher fez, receita da Itália. Fica bom com o café amargo.

— Deve ser bom sim.

— E você, Deco, soube da história da tintureira. Que coragem, rapaz!

— Sim, senhor.

— Esses são os dentes dela?

— São sim, senhor.

— Eu nunca fui um homem do mar. Quando a gente teve que sair do sertão e vir para cá, fiquei pensando no que eu faria. Aqui tudo é mar. Não tinha chance para eu entrar para a pesca. Cheguei a cogitar ser marceneiro... Quem me deu a ideia do armazém foi a mulher.

— É um bem que o senhor trouxe para nosso povo. Antes, só Paraty ou Ubatuba mesmo. Toda a região ficou mais abastecida depois que o senhor abriu o armazém.

— A gente tenta, Seu Reis, a gente tenta... Mas, me diga, tem algo de que o senhor esteja precisando?

— Eu não, Seu Alberto. Com a graça de Deus, já tenho tudo de que preciso. Hoje vim acompanhar meu neto.

— Ah...

Alberto foi pego de surpresa e não conseguiu disfarçar sua cara de preocupação. A sorte foi que Rosa chegou na varanda com o café e o tal biscoito italiano, que Deco achou parecido com uns tipos de bolacha de coco que vendiam em sacos no porto de Santos.

— Muito gostoso isso, Seu Alberto. Ainda mais com café.

— O café não é muito amargo para o senhor?

— Nada. Café assim é bom!

— E você, Deco? Consegue tomar o café assim?

— A gente está acostumado. No barco, quando acaba o açúcar, a gente toma amargo.

— Vou começar a vender açúcar no armazém. Dizem que é muito bom, deixa a gente calmo. Pois então diga, Deco. No que eu posso ajudar?

Reis viu o quanto o neto estava nervoso pela forma que encolhia os dedos da mão, mas sua voz saiu firme, sem deixar espaço para que Alberto duvidasse de suas intenções.

— Faz quatro anos que estou na pesca e agora virei proeiro. Já tenho dezenove anos. Como proeiro, consigo ter família. Eu vim aqui para pedir a mão da Maria em casamento. Com todo o respeito, Seu Alberto.

Alberto ficou balançando a cabeça, piscando os olhos demoradamente. Deco e Reis permaneceram em silêncio.

— O senhor está de acordo com isso, Seu Reis? — Alberto perguntou por fim.

— Sim, senhor. Deco está firme na pesca, subiu logo de posto. Ele já tem condições de ter uma casa e esposa.

Alberto ficou olhando para Deco, pensativo. O garoto ficou sem jeito e pensou em quebrar o silêncio dizendo que gostava muito de Maria, mas não teve coragem.

— Vocês têm a cor dos olhos parecida — Alberto disse tomando mais um gole de café. — Vou conversar com a Rosa e com a Maria, aí eu te dou uma resposta.

— Sim, senhor.

— Agradeço os senhores terem vindo até aqui — ele disse se levantando e estendendo a mão para os dois.

— Eu que agradeço o café e o biscoito — Reis respondeu. Deco repetiu as mesmas palavras do avô e esperou que ele saísse na frente para depois segui-lo.

Depois desse dia, Maria desapareceu. Deco não a via nem na praia, nem no quintal no fim de tarde. Ansioso e com o coração apertado, achou que o pai dela havia ficado ofendido com o seu pedido. Pensou em ir até sua casa, tentar falar com ela para entender o que estava acontecendo, mas seu avô sempre dava um jeito de acalmá-lo, dizendo que casamento era uma coisa séria e que as coisas demoravam mesmo para serem decididas.

Depois de muitas noites insones, nas quais Deco até perdeu a noção de tempo, Maria apareceu na praia. Estava com o vestido azul que Deco mais gostava, e parecia uma sereia daquelas que afogam os marinheiros no mar. Nos dias em que ficou sumida, Maria havia virado mulher, sem mais nenhum resquício de infância em seu corpo. Ela era toda curvas e desejo. Deco ficou costurando a rede do avô esperando ela se aproximar com seu sorriso e o barulho dos sapatos.

— Oi, Deco.

— Oi, Maria.

Ele queria perguntar por que ela ficou tantos dias sumida, dizer que morreria sem ela, que não era para fazer isso, mas Maria foi mais rápida:

— Hoje é dia de lua cheia. Seu avô vai sair para pescar?

— Vai sim.

— Você vai junto?

— Eu ia, mas acabei de mudar de ideia.

Maria riu.

— Vou ficar na praia esperando ele sair e depois subo. Hoje meus pais estão na casa dos parentes do sertão e vão demorar para voltar.

O rosto de Deco se iluminou. Maria mirou a quantidade de raios que saía dos olhos de Deco e parou de sorrir.

— O que foi? — Deco perguntou alarmado. — É seu pai, por isso sumiu?

Maria, saindo de algum lugar que Deco não tinha acesso e voltando a sorrir, disse que não, que seu pai gostava dele.

— Mais tarde a gente conversa.

E saiu levando consigo o estalar dos sapatos na terra batida.

Deco arrumou a rede do avô o mais rápido que pôde e subiu para casa para se certificar de que ele iria sair para pescar. Para seu alívio, ele não só confirmou que ia, como disse que sairia mais cedo pois queria pescar perto da praia brava.

— Hoje é dia de pegar peixe grande — ele disse.

— Eu sei — disse Deco. Não havia peixe maior que Maria. — A rede já está pronta. Quando o senhor for descer, me avisa que vou ajudar com a canoa. O senhor já preparou comida para levar?

Deco estava tão diferente dos últimos dias que Reis entendeu que Maria havia aparecido. Ficou feliz por Deco. Era uma bênção poder casar com quem a gente ama.

— Sim, vou levar banana e mandioca. Não vou comer muito para não marear. O mar de lá em dia de lua é pesado. Eu volto antes do amanhecer.

Deco olhou para o avô com carinho. Ele nunca avisava a hora da sua volta.

— Obrigado, vô.

≈

Deco estava na rede da varanda quando Maria apareceu. Ela ainda estava com o vestido azul, e naquele horário ele pouco via seu rosto, que achava o mais lindo do mundo. A lua logo aparecia por detrás do morro, quando surgisse, conseguiria vê-la melhor.

— Deita aqui comigo?

Maria, levantando a saia do vestido, se deitou ao lado de Deco, que a abraçou sobre seu peito. Maria ficou se revirando, procurando uma posição confortável.

— Está ruim? — Deco perguntou.

— Seu colar, ele me machuca.

— Para tirar tenho que arrebentá-lo.

— É só a gente ficar assim mais longe.

Maria se virou para o outro lado da rede, e Deco, mesmo louco de vontade de beijá-la, concordou, pois estava ansioso para saber a resposta de Alberto.

— Me diz, Maria, por que sumiu? Seu pai não quer que a gente se case?

— No escuro a gente não consegue ver que os nossos olhos são azuis.

— Você não vai me dizer?

— Meu pai que disse que a gente tem os olhos iguais, mas no escuro nem se vê.

Deco respirou impaciente. Maria não se abalou:

— Quando você vai sair para pescar novamente?

— Depois da lua nova.
— Vai ficar quanto tempo embarcado?
— Dessa vez a gente deve ir para o sul. Uns trinta dias talvez.
— Vou sentir saudade de você.
— Eu também.
— Vamos lá para dentro? — Maria disse se levantando da rede.
Deco, que não esperava por essa iniciativa, deu um pulo da rede.
— Claro, aqui fora está com sereno.

Maria riu que ele precisasse arranjar uma desculpa para irem para dentro de casa e pegou em sua mão.

— Deco, meu pai deixou a gente se casar. Então hoje, como já somos noivos, eu quero ter a minha primeira vez.

Deco não sabia se reagia ao fato de seu pai ter concedido sua mão ou a ela ter dito tão claramente que queria sua primeira noite de amor. Puxando Maria para si, a abraçou por um longo tempo, depois a carregou até a sua tarimba e a deitou com calma.

A primeira coisa que fez foi retirar seus sapatos. Já havia visto seus pés nus, mas nunca tinha pegado neles. A sola do seu pé era tão macia quanto seu tornozelo, e Deco ficou passando as mãos entre seus dedos. Depois, começou a beijá-los, e vendo o quanto Maria se entregava, agradeceu que já tivesse estado em tantos portos e aprendido tanta coisa sobre aquilo.

Deco então subiu a saia de Maria e retirou sua calcinha. Na pouca luz do quarto, não soube dizer se seus pelos eram castanhos ou pretos, e começou a beijar sob a penugem de cor indefinida. Ela se retraiu e Deco foi até seu ouvido dizendo que aquilo era bom. Maria distensionou as pernas e ele pôde abri-las com facilidade. Ela não conhecia nada daquelas sensações e, mesmo com ciúmes, se entregou à experiência que o noivo adquirira em lugares sujos.

— Tira a roupa também — Maria pediu com a voz entrecortada. Deco percebeu que ela queria pegar nele, mas não tinha coragem, então ele mesmo conduziu-a orgulhoso.

Sem pressa, eles ficaram descobrindo o corpo um do outro até a claridade da lua iluminar as frestas da janela. Deco não tinha pressa, mas Maria, percebendo que as horas estavam contadas, sussurrou:

— Eu quero que seja hoje a minha primeira vez.

Deco a pegou em seus braços e deitou sobre ela, levantando seus joelhos. Com dificuldade, foi entrando em Maria, que o olhava numa mistura de prazer e dor. Deco beijava sua boca e, a cada investida, à medida que ela ia relaxando, aumentava o ritmo dos movimentos. Antes de acabar, saiu de dentro e explodiu em suas mãos. Havia aprendido com Gabriel que aquilo o ajudaria a evitar filho. Maria estava imóvel na tarimba. Depois de limpar as mãos em sua camisa que estava no chão, Deco se deitou ao seu lado:

— Eu te amo, Maria.

Maria começou a chorar.

— Eu também te amo, Deco.

Ele ficou acariciando as lágrimas que corriam pelo seu rosto. A bagunça era muito boa, mas nada comparada àquele momento. As lágrimas de Maria corriam para dentro de sua alma, um lugar que nenhuma mulher, de nenhum porto, conseguira acessar.

— Vamos marcar o casamento para daqui seis fases da lua? Aí dá tempo da gente erguer nossa casa.

Maria ficou acariciando o rosto de Deco, e as lágrimas não paravam de brotar.

— Você é o amor da minha vida, Deco. Sempre será.

Os dois se abraçaram e assim ficaram até Maria se levantar para sair.

≈

Poucos dias depois, Deco saiu com o Custódia. Passava o dia encrostado na proa, com um olhar de ave mirando peixe no mar. Voltaria para Picinguaba cheio de dinheiro e a festa do seu casamento seria a maior que a vila já vira. Aquele menino franzino que havia apanhado na praia pagaria a comida e a bebida para que todos que riram dele vissem que, além de rico e forte, ele iria se casar com uma das italianinhas.

Depois que as lágrimas de Maria escorregaram para dentro de Deco, nem de bagunça ele quis saber mais. Prometeu a si mesmo que, até se casar, ficaria no barco com Piá enquanto os outros se divertiam. Era uma espécie de promessa: se privando daqueles prazeres, entraria no casamento com o corpo puro, e, em troca, sua união com Maria estaria abençoada por Deus.

Além do corpo puro, Deco também tinha feito a promessa de pintar a igreja de tinta, não de cal. Assim, Nossa Senhora da Conceição não teria nada a reclamar. A mãe de Maria, que era bastante religiosa, também.

Quando paravam em um porto, depois de descarregarem o peixe e pegarem o dinheiro, a rapaziada descia atrás das meninas e Piá abria a bíblia. Por Deco eles zarpariam logo depois, mas sabia que ficar embarcado sem ir para a bagunça só era possível em barco cristão, então estipulava o tempo que a tripulação podia ficar em terra se divertindo e, enquanto aguardava, tentava se distrair mexendo no motor do barco ou pescando de linha.

Em uma dessas esperas, entediado de sempre fazer o mesmo, Deco pensou em mergulhar atrás de peixe. Pegou o canivete que estava no bolso e, amarrando em um pedaço de pau, resolveu tentar, mesmo sabendo que para conseguir tinha que ter um fôlego bom.

Piá, sentado na parte sombreada do convés, levantava os olhos de vez em quando e ficava olhando a movimentação de Deco. Quando ele estava pronto para mergulhar, o timoneiro se aproximou:

— O que vai fazer?

— Vou atrás de peixe.

— Para quê? Acabamos de descarregar um montão...

Deco olhou com desdém para Piá. Devia ser muito chato viver como ele, com os olhos grudados na bíblia. Sem responder, começou a puxar o ar com força e pulou no mar. Quando reapareceu na superfície, Piá o olhava do convés:

— Achou seu peixe?

— Piá, vá ler seu livro — Deco disse ofegante, segurando no casco do barco para tomar fôlego. Piá, rindo consigo, voltou para a sombra, mas ainda atento às tentativas frustradas do rapaz para se manter embaixo d'água.

Não demorou muito, Deco voltou, subiu no barco e jogou com força seu arpão improvisado para o canto.

— Já está na hora desse povo voltar. Amanhã a gente sai antes do sol nascer.

— Eles não vão aparecer antes do anoitecer.

Deco entrou na cabine e pegou umas bananas que estavam penduradas.

— Não conseguiu ver nada lá embaixo?

— Ver eu vi. Mas o ar não dura para pegar o peixe.

— Você não pode fazer do jeito que está fazendo.

— E o que você entende disso?

— Eita, Deco. Ou deveria chamar você de Seu Deco agora? Eu já fui jovem. Já peguei muito peixe no peito.

Deco ficou analisando Piá. Pela religião, não podia mentir.

— E por que não pega mais?

— A gente vai envelhecendo, né? O pulmão começa a estalar, o ouvido reclama. Pegar peixe assim é coisa de gente jovem.

— Já que entende disso então, o que é que eu estou fazendo de errado?

— Sua respiração. Você tem que ficar calmo, parado por um tempo antes de mergulhar. Acalmar seu corpo, os pensamentos, o coração. Ficar embaixo da água não tem nada a ver com quanto ar você tem no pulmão. É cabeça e coração vazios.

Deco balançou a cabeça. Piá estava falando bonito. Devia ser aquilo mesmo.

— Faz o que mando e tenta mais uma vez.

Deco deu uma olhada para o mar. Não estava mais habituado a alguém mandando nele. A não ser seu avô. Ou Gabriel. Ou o dono do barco. Mas Piá não podia mais mandar nele, mesmo parecendo que sabia muito bem o que estava falando.

Deco permaneceu olhando o mar e, como não se mexeu, Piá voltou os olhos para a bíblia.

— Está bem. Me mostra então como se faz — Deco disse por fim, contrariado.

Piá levantou os olhos da bíblia com um sorriso.

— Você pode se sentar assim ou até se deitar. O importante é que faça pouco esforço. Aí fecha os olhos, porque até para ver a gente gasta ar. Isso, senta assim que está bom.

Deco ficou sentado no convés com as pernas esticadas e as costas apoiadas na cabine.

— Você puxa o ar devagar, enche a barriga com ele. Estufa bem a barriga.

— Não consigo estufar mais do que isso.

— Você tem muito músculo. Mas pensa na intenção. Se concentra nessa intenção. Aí você para e depois puxa mais um pouco. Agora fica aí, fazendo isso, o quanto conseguir. Mas a cabeça não pode escapar disso.

Deco fez o que ele mandou. Seus pensamentos realmente se acalmaram aos poucos, tudo nele parecia estar em comunhão com o balanço do barco e os sons ao seu redor. Depois de um tempo, ele sentiu Piá colocando a mão em seu ombro:

— Levanta com calma. Pula na água sem perder essa sensação.

Quando Deco alcançou as pedras do fundo do mar, descobriu um mundo completamente diferente do que havia visto nos outros mergulhos. Dezenas de peixes eram carregados suavemente de um lado para o outro conforme o movimento da maré, enquanto se alimentavam das algas que dançavam na mesma cadência.

Havia várias cavernas e, dentro delas, Deco via os olhos de grandes peixes observando-o. Como ainda tinha muito ar, agarrou-se atrás de uma pedra, pensando na melhor maneira de pegar um peixe daqueles. Percebeu que, se não se movimentasse, os peixes vinham para o lado de fora, e era nesse momento que teria que atacar. Quieto, acompanhou uma garoupa que aos poucos foi saindo da caverna. Com movimentos sutis, Deco levantou seu arpão improvisado. O peixe foi chegando cada vez mais perto e Deco estava pronto para dar o golpe, quando sentiu uma grande sombra se aproximando velozmente. Olhou para o lado assustado. Era uma tintureira com a boca aberta para atacá-lo. Ela vinha tão rápido, que Deco só conseguiu mirar a quantidade de dentes que vinha em sua direção antes de fechar os olhos e apontar o arpão na direção do bicho. Não teria tempo de alcançar o apagador do peixe. Não havia como se defender. Dessa vez, ele que perderia a luta.

Com o arpão apontado, Deco esperou o ataque. Porém, nada aconteceu. Abriu os olhos e tudo ao seu redor se movimentava na cadência tranquila da correnteza. A garoupa estava para fora, alimentando-se das algas que eram empurradas de lá para cá. Onde estava a tintureira? Olhou seu corpo. Não havia sangue, nenhum arranhão. Em dúvida se estava vivo ou morto, começou a se sentir sufocado e, desesperado, tomou impulso na pedra para voltar rapidamente à superfície.

Piá o estava aguardando no convés e sorriu aliviado ao vê-lo voltando:

— Achei que tivesse morrido! Você ficou muito tempo lá embaixo!

Deco subiu rapidamente para o barco e, deitando no convés, disse ofegante:

— Eu também achei que tivesse morrido.

— Que cara é essa?

— Você viu a tintureira?

— Que tintureira?

— Uma tintureira veio me atacar!

Piá riu do desespero de Deco.

— Você ficou muito tempo embaixo da água. A falta de ar deixa a gente luado... Não tinha nenhuma tintureira por aqui.

Deco ficou olhando para Piá. Realmente, não tinha morrido. Mas a tintureira não era invenção. Ele viu o bicho se aproximando com a boca aberta para pegá-lo.

— Não conseguiu acertar nenhum peixe?

Deco apenas balançou a cabeça e colocou a mão em seu colar.

— Vai lá de novo, espera o peixe sair da toca. Não precisa se apavorar. É só não ficar muito embaixo da água para não ficar luado.

Deco ficou balançando a cabeça. Era impossível que a tintureira fosse invenção, mas ele estava ali, inteiro. Se fosse o pai, essa falta de sentido não teria problema. Mas Deco não estava habituado às realidades paralelas. Talvez fosse exatamente aquilo, a falta de ar o deixara luado. Segurando o colar e tentando se recompor, falou para Piá preparar o barco, pois iriam pegar os rapazes para partir.

≈

Nos dias que se seguiram, Deco não pensou mais na tintureira. A pesca tinha sido muito boa e ele estava ansioso para voltar para a terra com o corpo limpo e o bolso cheio. Não via a hora de ver Maria e dizer a ela que eles pintariam a igreja para o casamento. E saber se ela tinha comprado o tecido do vestido. E achado os sapatos que usaria na cerimônia.

Quando o Custódia apitou na entrada da vila, já era noite. Deco queria ir até a casa de Maria, porque, agora que era seu noivo, não precisavam mais se encontrar escondido. Mas estava surrado do mar, andando mareado e fedendo a peixe. Melhor era ir para casa e vê-la no dia seguinte.

Deco dormiu toda a manhã como sempre fazia quando voltava de viagem. Depois se arrumou e foi até a escola esperar Maria.

Assim que ouviu o sino, todos começaram a sair. Maria não apareceu. Deco foi até o fundo da escola, onde morava a professora, que àquela hora estava acedendo o fogão a lenha.

— Licença, senhora. Eu sou o Deco, o noivo da Maria. Ela não veio hoje na escola?

A professora se virou surpresa.

— A Maria? Mas, se é o noivo dela, como não sabe?

— Não sabe o quê?

— Maria foi embora estudar. Eu consegui a escola de magistério para ela. Casamento é bom, mas pode esperar, não é?!

Deco ficou imóvel, com os olhos petrificados. A professora percebeu que ele não sabia de nada e achou graça.

— Mas olhe, ela não te avisou? Um noivo bonito desse e ela nem avisou?

Deco sentiu raiva da professora. Viu-se debaixo da água com o canivete amarrado em um pau e ele, sem ar, atirando na testa da professora. Lembrou-se da tintureira se aproximando com os dentes à mostra. Jogando a cadeira que estava na sua frente no chão, Deco se virou e saiu.

— Seu Alberto, preciso falar com o senhor — Deco disse entrando no armazém do sogro. Ele o estava esperando e com a cabeça indicou que fossem até a parte de trás do terreno.

— Onde está a Maria?

— Foi para Taubaté estudar.

— Mas e o casamento?

— Olha, Deco, um dia você vai ser pai. A gente aconselha os filhos até onde pode, mas o resto é com eles.

Destroçado, os olhos de Deco começaram a se encher de água:

— Acabou o casamento?

Vendo seu desespero, Alberto se aproximou e colocou a mão em seu ombro. Ele rechaçou o sogro.

— Maria disse que era para eu te devolver isso.

Alberto lhe entregou a aliança que ele tinha trazido de uma das viagens e colocado no dedo de Maria depois que haviam firmado o noivado.

Com a aliança na mão, Deco desmoronou. Alberto ficou de cabeça baixa, aguardando ele se acalmar, mas a dor do rapaz não cessava.

Uma pessoa começou a chamar do balcão do armazém, então Alberto fez Deco se sentar em um banco e disse que já voltava.

Era a primeira vez na vida que Deco não sabia nada de si. Um abismo estava aberto à sua frente, e tudo estava em queda. Ele se viu ali, caindo com o mundo, até chegar em um lugar escuro onde a tintureira o estava aguardando. Ela exibia os dentes e Deco apertava seu colar. Ela ficou rondando o rapaz, que começou a ficar sem ar. Ele tentou nadar para cima, mas a tintureira o agarrou por baixo, pelas pernas, e começou a carregá-lo para o fundo. Sem ar, Deco colocou as mãos na garganta, engasgado. Talvez ficasse realmente sufocado se não fosse uma mão erguendo seu rosto e levantando-o do chão.

— Deco! Deco! Sou eu! Venha, segure em mim, vou te levar para casa.

Reis carregou Deco da mesma maneira que fizera anos antes, quando o viu pela primeira vez. Naquela época, sabia só com o coração, mas agora, podia dizer sem nenhuma dúvida:

— Eu vou cuidar de você.

1948
O DONO DO BARCO

~~ 9 ~~

Deco podia ter pagado alguém para carregar o material para cima da igreja, mas a exaustão do corpo físico era o único remédio para pensar menos em Maria. Então, passou dias carregando os tijolos e os sacos de cimento que o barco havia deixado na praia. Ele jogava um saco de cimento em cada ombro e subia as escadas da igreja com passos firmes. O suor escorria por todo o corpo e sua roupa ficava encharcada. O dia inteiro carregando material, sem comer nem falar com ninguém. No quinto dia, estava com o ombro em carne viva. O povo da vila não tinha outro assunto: como uma mulher podia derrubar um homem. Do proeiro orgulhoso não restava mais nada. Agora ele era como os bêbados da vila, que viviam de carregar coisas morro acima. Quando comentavam com Reis, ele dizia que o tempo ajudaria o neto a encontrar a saída daquela dor.

Deco tinha contratado um pedreiro de Ubatuba que entendia de alvenaria, que era muito mais resistente do que o pau a pique, e estava gastando todas as suas economias naquela obra. Os homens da vila que acompanharam de perto duvidavam que aquilo podia dar certo: um tijolo sobre outro preso por aquela massa cinza que se chamava cimento. No entanto, o que causou a maior impressão foi o reboque e a tinta. A parede da nova igreja era tão lisa e tão branca que parecia a verdadeira casa de Deus.

A princípio, Deco só pintaria a igreja para o casamento. Depois que Maria partiu, quando conseguiu sair do quarto, foi até Angra dos Reis, onde tinha uma loja que vendia tijolos, cimento e tinta. Pagou uma traineira para levar tudo para Picinguaba e depois contou o dinheiro que sobrou. Ainda daria para pagar o pedreiro e fazer uma missa quando a igreja ficasse pronta. O padre tinha prometido que viria de Ubatuba e foi único a incentivar os planos de Deco de aumentar a igreja. Nossa Senhora da Conceição ficaria feliz com uma casa maior.

— Você não vai mais sair embarcado? — Reis perguntou quando finalmente a igreja ficou pronta.

— Agora vou terminar de construir a minha casa.

— Mas gastou tudo na igreja, vai construir como?

— De pau a pique, como sempre foi.

— Eu te ajudo.

— Não, vô. Agradeço o senhor, mas preciso fazer minha casa sozinho.

Reis confiava que Deco conseguiria se reerguer, ninguém morre de coração ferido. Porém, já fazia muitas luas que se debatia com aquela dor. Não saía embarcado, não pescava de linha. Sua vida tinha se tornado a construção de lugares que perpetuavam a vida que não teria ao lado da noiva.

≈

Deco estava trabalhando na casa que seria dele e de Maria, colocando o barro nos galhos que entrelaçou com o imbé, quando recebeu a visita da mãe da menina. Rosa ficou observando-o trabalhar sem ser notada. Os pés e os tornozelos de Deco estavam cobertos de lama, e ele se esforçava para amassar sozinho o barro dentro da estrutura de madeira. Do proeiro que se esforçava para andar de sapatos novos, Rosa só reconheceu os dentes da tintureira.

— Deco? Eu quero falar com você.

Por fim, ele notou sua presença. Não queria falar com ela, nem com Alberto, nem com as irmãs ou primas de Maria. Sentia-se traído por todos, mas seria muito desrespeitoso deixar aquela senhora ali parada às suas costas, então se virou tirando o excesso de barro da mão.

— A senhora pode falar aqui mesmo.

— Quero dizer que sei que a Maria ama você. E que, se você quiser, eu tenho o endereço dela em Taubaté. Você pode ir até lá...

Rosa passou um papel para Deco.

— Por que está me dando isso?

— Cada vez que passo pela igreja e vejo o que fez, meu coração aperta. Fico pensando se a culpa de Maria ter partido foi minha. Eu sempre disse para minhas filhas que o melhor que elas tinham a fazer era estudar, não casar. Mas Maria te ama, eu também gosto muito de você. E não sei se ela fez a decisão certa.

— Gastei todo meu dinheiro naquela igreja. Mas não fiz isso para impressionar a senhora, ou seu esposo. Nem ninguém da vila. Fiz porque meu compromisso era com Deus. Peço ajuda todo dia para esquecer sua filha, e Ele tem me ajudado. Então aquela igreja é minha retribuição.

Rosa virou o rosto para o mar, com uma ruga na testa.

— Aqui tem uma vista bonita. Dá para ver o canto da Paciência.

Deco olhou na mesma direção. Maria que havia escolhido aquele lugar para construírem a casa. Quando tinham começado a namorar, às vezes ficavam escondidos ali.

— Eu só vim aqui porque, apesar de tudo que sempre disse para minhas filhas, tem coisas que não são exatamente como a gente pensa. Maria talvez tenha tomado a decisão errada. Sua felicidade era aqui, ao seu lado. Você pode ir atrás dela, se quiser — Rosa disse apontando o papel na mão de Deco.

Ele não respondeu, apenas olhou aquelas palavras que ele sequer conseguia ler. Suspirando, colocou o papel no bolso e se virou pegando um pouco de barro úmido, com o qual continuou a preencher os estuques da casa.

Rosa ainda esperou que ele dissesse algo, mas acabou desistindo e foi embora.

≈

Ao chegar em casa, enlameado, cansado e com fome, Deco encontrou o avô tirando uma tartaruga do casco. Lembrou-se imediatamente de seu pai e de Zé Preto, e sentiu saudade do Camburi. Fazia tempo que não ia para lá.

— Meu pai gostava muito de tartaruga.

— Verdade? Pegou esse gosto depois de velho. Aqui em casa a gente não tinha o hábito. Jesuína tinha pena do bicho.

— Que nem a mãe.

— Então como seu pai comia?

— Quando vinha tartaruga na rede, ele levava para o Zé Preto e comiam por lá. A mãe gostava ainda menos de tartaruga, porque sabia que nesses dias o pai nem voltava para casa.

Reis riu.

— É bom comer tartaruga de vez em quando. Você tem que criar o hábito. Faz bem para os homens.

Deco entendeu o que seu avô queria dizer e pensou que fazia muitas luas que não ia para a bagunça. Na verdade, fazia muito tempo que ele nem encostava o pé no mar. A tintureira não o carregara para o fundo, mas havia jogado uma maldição sobre ele. Ou teria sido Maria? Seja o que for, percebeu, enquanto via o avô cortar a tartaruga em pequenos pedaços, que estava vivendo uma vida que não era dele. Lembrou-se de Gabriel deitado no quarto escuro. Deco não havia feito promessa de ficar trancafiado, mas lutava para esquecer Maria se afastando de si. Colocou a mão em seu bolso, onde estava o papel com o seu endereço.

— Vô, acho que vou passar uns tempos no Camburi. Estou com saudade de lá.

Reis ficou observando o neto. Seus olhos ainda estavam em tempestade. Talvez fizesse bem em passar um tempo onde nasceu, se reconectar com suas raízes, se fortalecer.

— Vai, Deco. Fique um tempo por lá que te fará bem. Agora vai se lavar. A sopa ainda demora para ficar pronta.

Reis confiava no tempo, mas o neto estava demorando muito para esquecer a menina. Por isso foi atrás de pegar aquela tartaruga. E pegou também pau-de-cabinda. E muito coentro. Se Deco não estava achando o caminho pelo coração, tinha que despertá-lo através do corpo, do sangue fervendo. Ninguém fica uma vida inteira sofrendo por uma única mulher.

Quando Deco apareceu, a sopa estava quase pronta. Reis pegou uma garrafa de cachaça que tinha do tempo que Jesuína ainda era viva. Serviu uma dose a Deco e outra para ele, e os dois passaram a noite conversando.

Deco entendeu por que seu pai nunca voltava cedo quando ia comer sopa de tartaruga com Zé Preto. Havia algo ali, acentuado pelos goles da cachaça. A vida ficava à flor da pele. A memória acessava as melhores lembranças; o coração, os melhores sentimentos. Seu avô contou sobre os primeiros tempos do cerco na praia, quando ele chegou com a rede na canoa. Ele e Jesuína. Todos se ressabiaram com aquela mulher tão branca, ainda mais quando souberam que tinha fugido de um pai terrível. Mas ela foi conquistando todos com seu jeito despreocupado e alegre. Reis disse que, até Jesuína chegar, eles celebravam pouco a vida. Herança da vida em escravidão, com muito trabalho e poucos prazeres. Eles estavam habituados às alegrias escassas, Jesuína não. Ela disse que precisavam ter festas, pelo menos nas luas cheias. Festa com dança e música. Nem que tivessem que vir os pretos que ficaram na fazenda de Dona Maria e sabiam tocar os instrumentos. Era só combinar. Fermentariam mucungo, fariam uma peixada. Eles viriam, mesmo sendo longe, porque festa era assim: uma coisa que todo mundo gosta. E não demorou, apareceu Manuel Felipe com a rabeca. E eles foram até Ubatuba ver o fandango. Jesuína se acabou de tanto dançar e convidou os fandanguistas para irem morar em Picinguaba, meio de brincadeira. Não demorou, chegou um que tocava atabaque, outro que tinha sanfona. Viola, pandeiro, machete, caixa. E foi assim que a vila começou a ficar famosa por suas festas.

E o peixe, aiaiai. Era tanto peixe que vinha no cerco que tinha dia que deixavam um tanto na água, porque não dava para trazer para a terra sem a canoa afundar. E, aos poucos, a vila foi enriquecendo. Eles, que só tinham uma roupa, passaram a ter duas, três. As mulheres compravam tecidos e costuravam vestidos. Todos que chegavam para ficar eram acolhidos.

Deco sabia de histórias de pessoas que foram expulsas, de coisas que não deram certo, o avô mesmo havia contado. Como a partida do seu pai. Mas naquela noite só a alegria colocava a cabeça para fora, uma tartaruga respirando no mar.

Na manhã seguinte, Deco pegou a trilha para o Camburi. Caminhando sozinho pelo meio da floresta, parou para observar os pássaros. Havia muitos saíra-sete-cores. Lembrou-se da manhã que tinha ido com Maria passarinhar e ela o havia pedido em namoro. Reviu o macho em torno da companheira morta pelo seu bodoque. Ele havia dito que, enquanto não enterrassem a fêmea, ele não sairia do lado. Deco estava há muito tempo rodeando o corpo de Maria e precisava enterrá-la. Já não era mais aquele menino franzino e de roupas gastas; agora era um homem forte, usava roupas boas e sapatos novos. Estava voltando para sua vila e não chegaria de cabeça baixa por conta de Maria. Olhando os pássaros que voavam à sua volta, sempre em casal, Deco colocou a mão no bolso, certificando-se de que seu endereço ainda estava lá.

Sua mãe havia envelhecido um bocado desde a última vez que a vira, e Deco soube de cara que era a ausência do pai. Se desvalia a cada lua sem ele e, dessa forma, conseguia encurtar o caminho até a morte. Deco pensou em seu próprio sofrimento.

— Você está forte. Ficou um homem bonito. Mais bonito que seu pai.

— O dinheiro que mando está sendo o suficiente?

— Sim, filho. Eu e suas irmãs somos muito agradecidas.

— Não precisa agradecer não, é minha obrigação. Verdade que Daise está noiva?

— Noivou de um moço da Cabeçuda. Um rapaz bom.

Dalva sabia dos últimos acontecimentos da vida do filho, então não prosseguiu com aquele assunto. O mundo estava mudando muito. Como uma moça podia fugir de um noivo que com dezenove anos já era proeiro? E ainda bonito como Deco? Não podia compreender. Ainda bem que logo estaria com Firmino. Quem sabe depois de casar as duas filhas Deus a levasse?

— Quer comer mandioca?

— Sim, senhora. Depois vou na praia. Daqui a pouco o pessoal chega com o cerco. Genésio e Bedico têm trazido a cota de peixe que seria do pai?

— Têm sim. Mas você sabe, nesses últimos tempos o mar andou muito ruim...

Dalva colocou uma mandioca na cabaça e serviu o filho.

— Esse dinheiro aqui eu guardei para vocês. É minha última economia. Pode usar no casamento de Daise — Deco disse colocando um maço de notas na mão de sua mãe. Dalva nunca tinha visto tanto dinheiro na vida. Tornou a olhar para Deco, seu colar de dentes, seus sapatos. Era bom que as filhas pudessem contar com um irmão assim. Mas, para ela, aquele não era seu filho. Ela estava habituada a ter pouco da vida, e não tinha como recomeçar uma nova história.

Deco acabou de comer em silêncio. Levou a cabaça para a gamela de água e saiu de casa, dizendo à mãe que depois chamasse as irmãs porque queria vê-las.

A praia sempre ficava cheia naquele horário. Em Picinguaba era igual. Todos desciam para contar os causos do dia, ver o que viria do cerco, e por lá ficavam até escurecer.

Genésio e Bedico chegaram com a canoa cheia de cavalas, peixe-galo e carapau. O povo, reunido em torno da embarcação, estava animado com a pesca. Deco foi falar com eles e todos comentaram como ele estava forte e bem-vestido. Ele tinha se habituado a ser tratado com diferenciação em Picinguaba e creditava parte disso por ser o neto preferido de Reis, mas no Camburi viu que sua nova aparência trazia respeito.

— Ouvi falar que agora é proeiro. É verdade? — perguntou Genésio dando uns tapinhas nas costas de Deco.

— Sim, sou proeiro do barco Custódia.

— Firmino ficaria orgulhoso de você — disse Bedico.

Deco confirmou com a cabeça.

— Vai sair embarcado quando agora?

— Mês que vem talvez. Tive que dar um tempo do mar.

Eles sabiam que Deco tinha sido deixado pela noiva, então desviaram o rumo da conversa.

— Ouvi dizer que agora a sardinha que está dominando a pesca...

— É verdade. O que mais tem é sardinheira por aí...

— E você não vai pescar sardinha?

— Quem sabe... — Deco disse olhando para o mar. Na verdade, ele tinha é que voltar a pescar, seja o que for. Estava começando a sentir falta de sua vida embarcado.

— Hoje é dia de Santa Rita, que a mulher é devota, e vai ter uma peixada lá em casa. Passa lá, vem jantar com a gente — convidou Genésio.

Deco aceitou o convite de bom grado, ainda porque, quanto mais ficasse na rua e menos em casa, melhor seria. Não aguentava o jeito da sua mãe, sempre se despedindo da vida.

Quando Leri apareceu na praia, já estava escurecendo. Ele contou a Deco que tinha se firmado como marceneiro e estava gostando do trabalho. Os dois primos ficaram um tempo competindo quem fazia a pedra pular mais vezes no mar e, quando a luz acabou de vez, sentaram-se em uma canoa no rancho para conversar. Deco falou pela primeira vez de Maria. O primo escutou tudo sem dar opinião.

— Estou com o endereço dela aqui, mas não sei o que fazer...

— Seja lá o que decidir, vai ser uma boa decisão — Leri disse de forma tranquila. Sua serenidade se estendeu a Deco, e quando ele chegou na casa de Genésio, seu coração estava calmo como há muito não sentia.

A casa estava iluminada por várias candeias. Uma noite menos escura era o luxo que os moradores do Camburi se permitiam em dia de celebração, tão diferente do povo de Picinguaba, que fazia música, fogueira e dança. Deco tinha que confessar a si mesmo que, apesar de gostar das festas de Picinguaba, se sentia mais à vontade em reuniões como aquelas, com os homens conversando em voz baixa de um lado e as mulheres em voz baixa do outro.

Ele estava na roda dos homens, contando que tinha ido até o porto de Itajaí, quando Amália entrou acompanhada da mãe. Os dois se assustaram ao se ver. Ela nunca imaginaria que ele estaria por lá, e ele achava que ela continuava para os lados de Paraty.

Passada a surpresa, Deco conseguiu retomar o assunto, mas sem deixar que Amália saísse de sua visão. Ela tinha se tornado mulher e se vestia como as moças da cidade. Talvez já estivesse casada, mas, se estava ali só com a mãe, podia ser que não. Estava muito bonita, e seu jeito de prender o cabelo em um coque lembrava as francesas do porto de Santos, por quem Deco tinha uma atração especial. Os seios de Amália tinham crescido muito, dava para ver pela forma que marcavam o vestido florido. Deco se lembrou de quando ela o ensinou o beijo de língua e seu ventre despertou. Colocando-se de lado no banco, ficou aliviado que houvesse tão pouca luz. Desde que Maria havia partido, ele nunca mais tinha pensado em sexo, mas a visão de Amália estava colocando o barco de volta ao mar. Deco tinha que dar um jeito de falar com ela a sós. Queria saber de sua vida, contar a dele, sentir seu cheiro.

A reunião continuou sem que homens e mulheres se misturassem, e Deco não sabia como faria para chegar até ela. Então teve a ideia de pegar um livro em casa que tinha comprado para Maria e que trouxera para o Camburi para dar de presente às irmãs, um livro sobre como uma mulher devia cuidar da casa e do marido. Ele havia comprado em uma livraria de Santos que entrara só para contar para Maria como era por dentro e prometer que um dia a levaria para conhecer.

Deco foi em casa e voltou com o livro na mão, dizendo que precisava da ajuda de alguém que soubesse escrever, pois faria uma surpresa à irmã que estava noiva.

A mãe de Amália falou:

— A Amália sabe tudo isso. Vai lá, Amália, ajude o Deco no que ele está precisando.

Amália se levantou e encarou Deco como nos velhos tempos. Agora que ele carregava o colar de tintureira no pescoço e usava sapatos, não tinha mais o olhar de moço obediente, mas a seguiu para um lugar mais iluminado da sala como ela indicou com a mão.

Ela abriu o livro e ficou olhando, enquanto passava um dos dedos pelas frases escritas.

— O que você quer saber?

— Se o que está escrito aí será bom para minha irmã.

— Daqui uns anos você pergunta para ela.

Deco riu. Todos observavam aquele casal jovem e bonito conversando, então eles tinham que ser muito discretos.

— Se eu arranjar um lápis, você escreve isso? Que daqui uns anos vou perguntar se ela gostou do livro?

— Escrever no livro?

— Sim.

— Tem que ser em um papel, não pode escrever nele.

— Mas onde vou arranjar papel?

— Eu tenho em casa. Eu escrevo para você e amanhã te dou.

Deco agradeceu, mas o amanhã estava muito longe.

— Você tem fósforo em casa? — ele perguntou de forma que só ela entendesse. Amália fez que sim com a cabeça e devolveu o livro, indo se sentar ao lado da mãe, que logo disse que estava na hora de irem embora.

Deco saiu depois que Bedico foi embora e foi no caminho de casa, do mesmo jeito que fazia quando era menino, e depois de passar por detrás dela, seguiu até a casa de Amália, onde ficou observando do mato. Tudo estava muito quieto, não havia nem uma luz de lamparina acesa. Deco ficou aguardando, mas o tempo estava demorando a passar. Não queria se sentar para não sujar a calça branca, no entanto, estava difícil se manter em pé aguardando sem nem saber se ela daria algum sinal. Estava quase desistindo quando uma faísca de fósforo brilhou por trás da pedra em que eles haviam se encontrado antes de ele partir para Picinguaba.

Amália o estava aguardando encostada na pedra e, ao contrário das últimas vezes em que se viram, não estava com pressa.

— Achei que não fosse me chamar.

— Esperei a mãe dormir.

— Seu pai não está aí?

— Está em Santos, colhendo banana. Por isso vim ficar uns dias com a mãe.

— Você ainda mora em Paraty?

Amália fez que sim com a cabeça.

— Casou?

— Noiva.

Deco ficou quieto. Aquela palavra era um desgosto.

— Eu quase não te reconheci, Deco.

— Eu não tive dúvida que era você assim que entrou.

Amália riu.

— O que você quer? Amanhã eu te ajudo com o bilhete da sua irmã.

— Obrigado. Amanhã passo aqui para isso.

Deco não se moveu para sair. Os barulhos que vinham do mato e as ondas que estouravam na praia ocupavam o silêncio dos dois.

— O mar virou — disse Deco.

Amália nada respondeu.

— Você está muito bonita.

— Você também, Deco.

— Da onde é seu noivo? Daqui?

— Não, é de Mambucaba, mas mora em Paraty.

— Trabalha com o quê?

— Faz serviços na igreja de Santa Rita. Hoje tem uma festa grande lá, mas minha mãe pediu que eu ficasse mais uns dias. O padre gosta muito do meu noivo. A gente vai se casar lá.

— Você ainda mora com sua tia?

— Não, eu moro na escola que dou aula.

— Você virou professora?

Amália fez que sim.

— E você, está indo bem na pesca, né? Vestido assim, com essas roupas...

— Já sou proeiro.

— Que bom. Daqui a pouco você será o dono do barco.

Deco se virou para Amália, que estava encostada na pedra com a cabeça virada para o céu. Ela tinha um cheiro doce que não desagarrava dele.

— Você gosta do seu noivo?

— Que pergunta! Ele é meu noivo!

— Pode acontecer da noiva não gostar tanto assim...

Deco se encostou na pedra e ficou olhando o céu.

— Por que disse que serei o dono do barco?

— Eu vi ali, nas estrelas.

— Ondê? — Deco perguntou se aproximando de Amália, que se desencostou da pedra e passou a mão pelo vestido para desamarrotá-lo.

— Estou brincando, Deco. Não foi nas estrelas. Dá para saber só de olhar para você. Vou entrar agora. Amanhã você passa aqui para pegar o papel, vou deixar pronto.

— Mas eu te vejo?

Amália deu de ombros, da mesma forma que fazia quando era menina, e apontou para o chão.

— Caiu algo do seu bolso.

Deco viu o papel com o endereço de Maria caído ao lado de seu pé. Quando subiu a cabeça para dizer que era algo sem importância, Amália já tinha entrado em casa, mas o seu cheiro ainda estava agarrado nele. Deco olhou de volta para o chão e, com a ponta do sapato, empurrou o papel para debaixo da terra.

1950
MESMO BARRO

~~ 10 ~~

Deco fez questão de que fossem dois dias de festa. Achava que, quanto mais comemorassem, mais notícias chegariam a Taubaté. Sobre a animação da festa, de como Amália era bonita e o quanto ele estava feliz. O Custódia trouxe de Ubatuba uma família de fandangueiros que tocou nos dois dias. Foi gente do Camburi, da Cabeçuda, de Ubatumirim, da Almada. E os ranchos da praia ficaram tomados por esteiras onde o pessoal parava para um descanso da farra.

Quando Deco recapitulou a noite em que reencontrou Amália, e todo o seu empenho para se casar com ela, entendeu que não foi o seu cheiro doce ou o namoro que tiveram em criança que o moveu, e sim a certeza com que ela falou que um dia ele seria o dono do barco. Mais que tudo, Deco queria aquela certeza para si, de que ele seria cada vez maior. Cada vez mais rico. E como essa certeza morava dentro de Amália, precisava dela ao seu lado.

Reis gostou de Amália assim que a conheceu.

— É uma moça alegre — disse.

— Ela sabe das coisas — Deco respondeu.

Estava tão apaixonado que admirava Amália em tudo que ela fazia, principalmente a forma com que olhava para o mundo. Quando visitou a casa em que morariam pela primeira vez, Amália ficou impressionada que Deco tivesse feito tudo sozinho. Em vez de ficar parada elogiando a vista, como todos que lá chegavam, ela se pôs de costas para o mar e ficou admirando o quanto as paredes e os batentes estavam bem-feitos. A vista para o canto da Paciência era o ponto fixo de Maria, e justamente por conta dela que resolveram morar tão alto no morro. Para Amália, a casa construída por Deco era muito mais importante que o mar. E desde que a pedira em casamento, depois de ir atrás dela em Paraty por diversas vezes, fazer ela largar o noivo e o emprego na escola que tanto gostava, seu amor só crescia, pois a todo momento ela o fazia maior.

Os dois ainda não tinham se entregado um ao outro, pois Deco, achando que ter se deitado com Maria antes do casamento havia lhe dado azar, resolveu que faria diferente com Amália. Cada vez que ela se insinuava para ele, Deco se esquivava e ia procurar alívio na bagunça dos portos.

Quando acabaram os dias de festa, depois de todos os familiares terem ido embora, os dois se viram por fim a sós. Amália deu o último abraço na mãe e fechou a tramela da porta. Deco a aguardava deitado na cama com a roupa suja de tanta festa, os pés com areia e sorrindo mole por conta da pouca bebida que havia se permitido. Sua pele bronzeada e seus olhos de mar eram a beleza em si. Desde pequena, mesmo quando ele ainda era um moleque franzino, Amália o achava o garoto mais bonito da vila. Porém, quando o reencontrou naquela noite no Camburi, mesmo o achando lindo, sabia que ele era coisa do seu passado. Estava noiva de outro homem, de quem gostava muito e com quem já tinha um sonho de vida organizado. Mas Deco chegou chutando a porta, dizendo: "você é minha desde sempre e é comigo que vai se casar". Aos poucos, Amália foi sendo seduzida. Por sua doçura, por sua força, pela certeza de que seu caminho não era um caminho qualquer.

E ali estava ele, deitado na cama, rindo à sua espera.

Amália se sentou ao seu lado.

— Acho que vai demorar para acontecer um casamento como o nosso.

— Como o nosso, nunca vai ter — Deco disse encostando a cabeça em sua perna.

Amália sorriu e passou a mão em sua cabeça. Ele então se levantou em um pulo e, entrelaçando Amália nos braços, a deitou na cama. Sua gigantesca espera agora era despejada em uma vontade bruta. Puxou os dois lados do vestido arrebentando os botões e os grandes seios pularam para fora. Deco chupou-os até se fartar. Ao retirar sua calcinha, passou a mão em seu ventre e viu o quanto ela o queria. Relação com amor ele só tinha tido com Maria e uma única vez. Estar com a mulher que amava era ainda melhor do que cercar um cardume grande. Revirando os olhos, preparou-se para entrar em Amália:

— Vou devagar para não doer.

Entrou com cuidado, mas como ela, em vez de dor, amolecia em prazer, Deco escorregou para dentro desejando nunca mais se desgrudar dali.

Só no dia seguinte, quando o sol começava a vencer a montanha e eles conseguiram dar uma trégua ao embate amoroso, que Deco pensou que ela não era mais virgem ao se casar. O certo era o marido ser o primeiro homem da esposa, mas ele mesmo havia estado com Maria antes do casamento. Se Amália também tinha se deitado com o antigo noivo, era melhor deixar esse assunto para lá.

Por muitas luas, Deco não queria nem sair para pescar. Ele e Amália passavam tanto tempo naquele confronto amoroso com o qual quase se extinguiam, que perderam o bronzeado e ficaram sem farinha. Nem café tinham para tomar. Era comentário em toda a vila que os dois não saíam de casa e que o Custódia, depois de poucos dias no mar, já estava voltando a fundear.

Desde pequena, Amália estava acostumada a ver seus pais naquele tipo de coisa, e era o único momento em que via sua mãe sorrir. Essa memória, da mãe sorrindo, trazia ao seu corpo uma fome tão grande quanto a de Deco. Porém, sabia que, por ser mulher, algumas coisas deveria frear. Como no dia em que tirou a calça do marido e o colocou em sua boca. Ela percebeu que ele ficou abismado, sem saber se lutava contra ou se entregava ao prazer que aquilo lhe dava.

A verdade é que, além da morena que havia tirado sua virgindade no Rio Doce, Deco só tinha vivido aquilo com as meninas menos cobiçadas dos portos. Ele era homem, aquilo era responsabilidade sua. Enquanto via a cabeça da esposa iluminada pela lamparina indo e voltando, Deco, desfeito no prazer daquela audácia, pegou o cabelo de Amália arrancando-a de si:

— O que você já fez antes de casar?

Sem responder, Amália se levantou e foi beber água. Deco respeitou o silêncio da esposa, mas pela primeira vez não dormiram abraçados. Na manhã seguinte, ele mesmo tomou a iniciativa de entrar na boca da esposa, derrubando os limites para o caminho amoroso. Depois desse dia, os dois exploraram seus corpos de todas as formas e Deco nunca mais deixou a insegurança dominá-lo, até o dia em que, na festa de São Pedro, os dois foram na casa de Sinhá Ninha.

Reis tinha dito que Deco deveria ser o patrono da festa, pois tinha sido o proeiro mais agraciado pelo santo naquele ano. Deco aceitou o convite com prazer. Não desperdiçava uma oportunidade de mostrar a todos que o garoto franzino que fora distratado agora era um rico pescador.

Sem economizar, mandou vir de Paraty cachaça da boa, além de pães e doces da padaria Esperança. Muitos nunca tinham nem visto aquilo, e acharam os doces a melhor coisa do mundo. Amália usou um vestido novo que tinha encomendado com um dos mascates que passavam pela vila.

Reis, cada vez mais recluso, aceitou ir à festa porque, além de ser o dia de São Pedro, Amália passou em sua casa insistindo que fosse.

Além do avô, Deco fez questão de chamar Dona Nega. Ela estava muito velha, mal conseguia andar, mas Amália a ajudou a colocar sua roupa de festa e Deco a levou no colo até a casa de Sinhá Ninha.

Quando chegaram, o baile já estava pegando fogo. Reis ficou sentado ao lado de Dona Nega e Deco se pôs a conversar na roda de Durvalino, na varanda da casa. Amália, que ainda não havia feito amizades na vila, ficou em pé perto de Reis. Da sua casa, ouvia o barulho das festas, mas nunca tinha estado em uma, pois ou Deco estava no mar ou estavam exaurindo seus corpos isolados do mundo.

Ela ficou impressionada com a alegria do povo. Todos dançavam e a música era muita animada. Teve vontade de entrar na roda, mas, como não sabia dançar, ficou no canto ensaiando os passos. Não demorou para que um dos rapazes chegasse perto e perguntasse se queria aprender o fandango. Amália sabia que era primo do marido e não viu problema em aprender com ele, já que Deco não sabia dançar. Reis estava ocupado com Dona Nega, que estava reclamando de uma dor no braço, por isso não pôde evitar a situação. Quando Deco voltou para a sala e viu Amália dançando com o mesmo rapaz que havia chutado seu rosto por conta da bola, seu sangue subiu e seus olhos ficaram vermelhos. Entrou no meio da roda mandando parar a música e arrancou Amália dos braços do primo, socando sua cara com força, despejando a amargura guardada por anos. O rapaz caiu no chão, com sangue escorrendo do nariz. Todos olhavam para Deco, que pegou a mulher pelo braço e começou a arrastá-la para fora de casa. Parou na frente de Reis, que estava segurando Dona Nega nos braços:

— Vamos com a gente?

Depois de colocar Dona Nega com cuidado no chão, Reis se levantou e falou alto:

— Dona Nega descansou.

≈

No dia seguinte, falava-se mais do ciúme de Deco do que da morte de Dona Nega. O cemitério da vila era em Ubatumirim e o corpo foi levado na canoa de Reis, que tinha sido enfeitada com os lírios brancos que nasciam no brejo do sertão. Quem não foi pelo mar, seguiu a pé em procissão. Os filhos de Dona Nega foram todos, e mesmo os que não podiam passar da varanda de sua casa choraram a morte da mãe.

Deco acordou com a mão doendo dos socos. Amália tinha ficado assustada ao vê-lo esbofeteando o primo, mas, quando chegaram em casa, ele contou pela primeira vez o episódio da bola e tudo que passou nos seus primeiros dias na vila. Ela o escutou fazendo carinho em seu peito, e os dois dormiram abraçados.

Na manhã seguinte, pronta para sair para o enterro, Amália estava começando a esquentar a garapa quando Deco a pegou por trás e levantou o seu vestido. Ela falou que a procissão sairia em pouco tempo, mas Deco a calou beijando sua boca. Os dois saíram de casa sem café e sem comer, e quando chegaram na praia, a canoa com o corpo já estava no mar. O casal seguiu por terra andando de mãos dadas, chegando em Ubatumirim em tempo de ajudar a tirar o corpo da canoa.

Dona Nega foi carregada na padiola pelos filhos, e antes de começarem a cobrir seu corpo com terra, Reis pediu a atenção para falar algumas palavras. Disse que junto de Dona Nega estava morrendo um mundo. Ela era de um tempo em que os homens podiam ser donos da vida de outros homens, e que graças a Deus isso não existia mais. Assim como ele, Dona Nega conseguiu sobreviver e fazer uma nova história, onde as pessoas podiam decidir suas próprias vidas. Ele agora era a última testemunha desse tempo e, quando morresse, nem a memória desse tempo existiria mais.

Reis rezou um pai-nosso e uma ave-maria, depois todos foram se dispersando debaixo de um sol tão forte que parecia verão.

Enquanto caminhavam de volta à praia, Deco foi ao lado de Reis. Amália caminhava alguns passos à frente, conversando com a filha de Dona Nega que morava em Paraty.

— Amanhã saio para pescar. Você cuida dela para mim?

— Por que preciso cuidar de Amália?

— Esses homens na vila. Eu vejo como olham para ela.

Reis parou de caminhar e ficou esperando que Deco fizesse o mesmo.

— O que foi?

— Venha até aqui.

Deco voltou alguns passos e parou de frente para Reis.

— Lembra quando foi pedir a mão de Maria e eu perguntei se vocês tinham o mesmo sonho?

— Por quê?

— Isso é o mais difícil em um casamento, duas pessoas que sonham igual. Por isso muito casal se desgasta. Você e Amália foram agraciados, têm a sorte de um sonho em comum. Mas têm muitas formas de estragar isso...

Deco ficou de cabeça baixa.

— Vai para o mar tranquilo. Ela estará aqui te esperando.

≈

Deco ficou mais de um mês embarcado. Era a primeira vez que ficava tanto tempo no mar desde que se casara com Amália. Achou que a melhor forma de acalmar seus pensamentos era ficar longe.

O Custódia desceu o litoral até o porto de Itajaí; de lá, depois de vender o peixe, Deco queria ir até a Lagoa dos Patos para ver o berçário das tainhas antes de elas saírem para a desova, mas acabou se enroscando com as catarinenses e não pôde rumar para o sul, pois a tripulação estava começando a ficar com saudade de casa.

Quando Amália viu o Custódia apontando na vila, colocou o seu melhor vestido e acendeu todas as candeias da casa. Estava com muita saudade do marido, e também queria comemorar: nos dias em que Deco esteve pescando, ela fora até a escola se oferecer para ser auxiliar, mas, para sua surpresa, soube que a professora estava voltando para Angra dos Reis e que a escola precisava de uma substituta. Amália começou naquela mesma semana.

— Sou a nova professora da escola! — ela disse depois de terem rolado por toda a casa.

A felicidade com que contou a novidade foi contrastante com a reação do marido. Mesmo contrariado, Deco não disse nada, mas, no dia seguinte, quando Amália voltou da escola, ele a estava aguardando deitado na rede da varanda:

— Vem aqui.

Amália deitou ao seu lado e ficou passando a mão nos dentes da tintureira.

— Quanto a escola vai te pagar?

— Por quê?

— Eu vou te pagar a mesma coisa. Aí você fica em casa.

Amália achou graça e beijou sua boca.

— Você demorou tanto dessa vez. Fiquei com muita saudade. Você volta tão forte do mar...

Ela começou a abaixar a calça de Deco, mas ele segurou sua mão.

— O que estou falando é verdade. Sai da escola. Eu te dou o mesmo dinheiro que vai ganhar.

Amália se sentou na rede séria.

— Deco, eu quero dar aula. Eu gosto.

— Mas você não precisa.

— Eu não vou deixar de fazer o que gosto.

Como ela nunca tinha falado de forma tão dura, Deco não insistiu. No entanto, no dia seguinte, assim que ela tocou o sino para liberar os alunos e pegou seus cadernos, encontrou Deco aguardando do lado de fora. Gostava da atenção que recebia do marido, então achou até graça naquela ciumeira, mas, quando ele começou a ficar atrás dela que nem um cachorro, lhe perguntando se tinha parado para conversar na praia ou se tinha ajudado alguém a escrever uma carta para um parente distante, passou a contar os dias que faltavam para o marido sair embarcado.

As despedidas eram sempre intensas, passavam horas trancados em casa, e Deco dava tudo de si para ter certeza de que a esposa não iria sentir sua falta. Depois de uma noite dessa, em que se exauriram até o suor molhar toda a cama, Amália acordou sangrando. Era muito sangue, não podiam ser as regras. Deco correu até a casa de Dona Zita, que, além de parteira, cuidava dos assuntos de mulher. A senhora examinou Amália e, quando saiu do quarto, parabenizou Deco:

— Ela está com a gravidez avançada, mas vai ter que fazer repouso para segurar o bebê.

Deco adiou o quanto pôde a saída do Custódia. Encheu a mulher de carinho e mandou vir de Santos alguns livros que ela queria ler. Sem poderem rasgar a carne, os dois conversaram sobre muitas coisas da vida. Amália contou que não se importava quando os pais lhe batiam, Deco disse que não se sentia bem ao lado da mãe e que chegou a desejar que ela tivesse morrido no lugar de seu pai.

≈

Deco soube que havia uma sardinheira velha para vender em Caraguatatuba e foi se consultar com Reis. Encontrou o avô catando preguaí na praia do canto. Pelos seus cálculos, o avô tinha noventa e tantos anos, mas se agachava para pegar os preguaís como se fosse um menino.

— Bença, vô — Deco disse pegando um preguaí e dando para ele.

— Deus te abençoe, Deco. O que está fazendo por aqui?

— O pessoal da praia disse que tinha vindo para esses lados.

— Deu a trovoada essa noite e pensei logo nisso aqui. Faz tempo que não como preguaí. Deu vontade.

Deco olhou a sacola cheia de conchas que estava perto da canoa.

— Como o senhor vai carregar?

— Como assim? Com meus braços.

— É muito pesado, vô. Acho que nem eu consigo pegar.

Reis se virou de costas para pegar mais conchas, cortando o assunto. Deco se sentou ao seu lado.

— Eu soube de um barco de matar sardinha que está à venda em Caraguatatuba. Quero saber o que o senhor acha de eu comprar.

Colocando os preguaís na sacola, Reis se virou para Deco e foi se sentar perto dele.

— Mas você tem o dinheiro?

— Não. Por enquanto não. Mas posso dar um jeito.

— Como?

— Eu tenho uma parte, o dono do Custódia pode me emprestar outro tanto e, se precisar, tento negociar o restante para depois das primeiras viagens para matar sardinha.

Deco estava fazendo o desenho do barco na areia enquanto falava, e os dois olhavam naquela direção.

— E qual é teu medo?

— Ser dono de barco. Aí eu sou responsável por tudo. Por exemplo, se o motor parar. Barco velho, o senhor sabe... Como eu posso pagar um problema desse?

— Olha, Deco, se você for enumerar todas as coisas ruins que podem acontecer com o barco, melhor não comprar mesmo. Ser proeiro já é bom.

— Agora tenho família, meu primeiro filho vai nascer. Não dá para eu não me preocupar com essas coisas.

Reis se levantou:

— Então está decidido, não compra o barco — ele disse andando em direção à canoa.

Deco, por um momento, se arrependeu de vir falar com o avô. Ele já estava ficando velho para conversar sobre aquele tipo de coisa.

No entanto, quando viu o barco desenhado na areia, entendeu o que o avô queria dizer e, num pulo, foi atrás dele.

— O senhor iria comigo até Caraguá para ver a sardinheira?

— Você não precisa de mim para isso. O rio tem um único curso, Deco. Se você for remar pensando que a canoa pode virar, melhor ir para a margem. O rio continuará sua rota independente de você. Mas se permanecer nele, juntos, vocês seguem um destino.

O avô cada vez mais falava daquela forma, cheio de pensamentos e palavras difíceis. Deco nem sempre alcançava o que ele queria dizer, mas entendeu que deveria comprar a sardinheira.

Os dois voltaram juntos na canoa para a vila. Deco disse que carregaria o pesado saco, mas Reis não deixou.

— Quero que você e Amália venham jantar em casa hoje.

— Sim, senhor — disse Deco.

— Daqui a pouco vem a lua nova e o bebê nasce. Quero que Amália coma um pouco de preguaí para ajudar o bebê a sair.

— Está bem — disse Deco. — Mas então eu levo o saco para cima, pode ser?

Reis colocou o saco nos ombros e seguiu morro acima com seus passos fortes e Deco, mirando a força do avô, decidiu que iria no dia seguinte ver o barco, e que tinha que voltar antes da mudança de lua para não perder o nascimento do filho.

1970
A BOLA DE FOGO

~~ 11 ~~

A pesca da sardinha dominou o litoral. Ninguém falava mais em pescada, em olhudo, carapau ou cação. Caixas e caixas de sardinhas eram vendidas para as empresas que enlatavam o peixe no Rio de Janeiro e em Santos. As sardinheiras pegavam tanta sardinha que muitas vezes tinham que jogar uma parte de volta para o mar. O peixe ficava boiando, morto sem precisar. Ninguém achava ruim, a abundância era tanta, que o desperdício não ofendia. A primeira vez que viu uma sardinha enlatada, Deco duvidou que prestasse, mas, depois de experimentar, achou o gosto bom e passou a comprar para quando estivessem embarcados, assim se livraria do cheiro de fritura.

De noite, sardinheiras que vinham do litoral de São Paulo e Rio de Janeiro se uniam para passar a noite em meio ao mar. Os barcos ancoravam um ao lado do outro, formando um grande círculo. O barulho dos homens, as luzes das embarcações, as risadas e as violas, os gritos de quando a sardinha aparecia brilhando. Aquela era a verdadeira festa. Deco gostava de estar em terra com Amália, com seus filhos, seu avô. Gostava muito da bagunça e do movimento dos portos, de conhecer cidades diferentes, mas nada o deixava mais calmo e completo do que aquelas reuniões de homens pescadores em alto-mar. Eles todos tinham a mesma sina, e ali, no meio do mar, sem terra à vista, flutuavam em um corpo único compartilhando um sonho em comum.

Os pescadores mais ousados, como Deco, haviam se endividado e comprado barcos próprios. Um ano depois da primeira sardinheira, Deco fez um empréstimo no banco e comprou outro barco, esse novo, com tudo moderno e capacidade para trezentas caixas de sardinha. E depois, mais outro. Seu destino era o mar e ele era o homem que atraía o peixe. Isso o ajudou a virar proeiro tão novo e a pagar as caras prestações das sardinheiras. Agora ele tinha três barcos, comandava quase trinta homens e não recebia mais ordem de ninguém.

Foram tempos tão prósperos, com tanta bagunça, que ele mal percebeu o passar dos anos.

Em um fim de tarde, com o barco carregado de peixe e suas outras sardinheiras em seu encalço, Deco olhou para o mar dourado do sol se pondo e se perguntou onde vivia aquele menino franzino e de roupas gastas. Depois de vinte anos pescando sardinhas, absolutamente nada dele existia mais, apenas o canivete que fora de seu pai em seu bolso e com o qual havia matado a tintureira que mudou sua vida. Deco tinha orgulho de si, de tudo que havia construído. Tinha três barcos, esposa e filhos, dinheiro e respeito de todos. Nada lhe faltava, e seus filhos nem saberiam o que era passar necessidade. Assim como seu avô, havia conseguido cumprir seu destino.

≈

Deco chegou do mar e, em vez de subir para casa, a primeira coisa que fez foi passar no bar para ver se encontrava Pedro. Queria ver sua cara quando mostrasse o relógio novo.

Como sempre, Pedro estava lá e gritou ao vê-lo:

— Lá vem o homem dos olhos azuis se exibir para a gente. Mas dessa vez não me pega.

Pela entonação da voz, Deco percebeu que Pedro devia estar no bar desde cedo e já estava bêbado. Pensou em ir para casa, não gostava de competir com ele assim, mas, se desse meia-volta, Pedro diria que foi por covardia.

— Chegou quando? — Deco perguntou quando encostou na mesa que estavam Pedro e os compadres.

— Cheguei ontem. Você trouxe os dois barcos por quê?

— Preciso dar manutenção no motor do Ondina e quis dar folga para o outro pessoal. O Maré ficou no mar.

— Você é ousado, rapaz! Para mim, duas sardinheiras é a conta! Não quero morrer devendo ao banco. Mas vamos lá: cadê o relógio?

Deco estendeu o braço e mostrou o relógio eletrônico prateado. Pedro quis ver de perto e puxou o braço para si. Nunca tinha visto aquele nome Seiko, e desde que começaram a competir quem tinha o melhor relógio, usaram sempre os de corda. Já havia ouvido falar em modelos eletrônicos, mas achava que fosse história.

— Onde comprou isso?

— Um japonês que estava em Itajaí. O relógio é do Japão.

— Onde é o Japão?

— Não sei, mas é do outro lado do mundo.

— Deve ser na China.

— Talvez. Deixa eu ver o seu.

Pedro esticou o braço e mostrou um relógio dourado que tinha uma pequena pedra no visor. Era muito bonito, parecia coisa fina, mas era impossível que causasse mais impressão que o relógio eletrônico.

— Onde comprou?

— Esse foi no porto de Santos mesmo. Foi bem caro. Um homem de fora deu para um estivador que salvou o filho de se afogar. No porto mesmo. O estivador que me vendeu.

— Tem uma pedra nele.

— É, isso é um brilhante.

— Então, vamos lá? Preciso ir para casa, estou há muito tempo no mar.

Pedro se levantou e foi tirando o relógio do pulso, seguido de Deco. Os dois se colocaram um ao lado do outro, a uns metros de distância da lateral do bar.

— Quem joga primeiro? — perguntou Pedro.

— Vai você, que chegou primeiro em terra.

Pedro assentiu com a cabeça. Primeiro deu duas respiradas profundas, recuperando as forças da bebedeira. Pedro era um homem forte e grande, e mesmo bêbado tinha muita força. Ele jogou o braço para trás e arremessou o relógio na parede, fazendo um grande estalo. Quando caiu no chão, todos se aproximaram. Pedro o pegou e ficou analisando.

— Ou eu estou fraco ou o relógio é muito bom mesmo. Está novo!

— Arranhou aqui no fecho, mas só — Deco falou impressionado.

— Vai lá você então, com esse tal de relógio eletrônico.

Deco se colocou em sua posição. Não era grande como Pedro, mas, como não bebia, seu arremesso também era forte. Com o mesmo gesto, colocou o braço para trás e jogou o relógio. O barulho dele se chocando contra a parede foi mais frouxo, e Deco suspeitou que perderia daquela vez.

Todos se aproximaram do relógio prateado de Deco, que o pegou do chão e ficou olhando. O visor ainda estava funcionando, mas o vidro estava arranhado, bem mais que o fecho do relógio de Pedro.

— Vamos de novo!

Pedro arremessou colocando mais força, pois detestava quando Deco dizia que estava fazendo corpo mole por causa da bebida. O estalo na parede foi forte, mas dessa vez nada aconteceu. Nem um arranhão a mais. Todos se impressionaram. Deco então arremessou o dele e, ao se chocar na parede, o visor abriu e ele caiu em pedaços no chão. Pedro deu um grito comemorando:

— Que relógio eletrônico nada! Pode até impressionar quem nunca viu, mas não serve para nada. Olha, logo quebrou!

Deco se aproximou do relógio espatifado no chão, junto com outros rapazes. Alguns abaixaram para ver como era a mecânica por dentro. Era bem diferente do relógio de corda. Um dos homens perguntou se podia ficar com os restos para tentar consertar. Deco consentiu.

— Cinco a quatro? — perguntou para Pedro.

— Sim, passei na frente.

Deco tirou o chapéu, em respeito à sua vitória. Ele gostava muito quando ganhava de Pedro, mas não se importava em perder. Competir com ele havia se tornado um dos melhores motivos para voltar à terra, principalmente depois que Amália ficara tão calada e distante.

— Preciso ir para casa agora.

— Saúde para seu filho. Amália está bem? Ainda bem que chegou em tempo na cidade.

Deco não estava sabendo que seu filho tinha nascido. Pelos seus cálculos, ainda faltava um mês. Ou estava enganado? E como assim "chegou em tempo na cidade"?

Disfarçando a surpresa, deu meia-volta e apertou o passo até sua casa. Seus cinco filhos tinham nascido lá mesmo, com Dona Zita, todos bem. E depois de Antenor, Amália nunca mais teve que fazer repouso. O que teria acontecido dessa vez?

Ao chegar em casa, ouviu o choro do bebê, o chorinho abafado de recém-nascido. Ele estava no colo da mãe de Amália, que tentava acalmar a criança oferecendo um pouco de garapa de cana torcida. Ao ver Deco, exibiu o neném:

— Mais um menino — disse satisfeita.

— Ele está bem? Parece muito pequeno.

— Nasceu antes do tempo, mas vai crescer. Vá no quarto ver Amália. Ela quase morreu.

Deco balançou a cabeça sem saber direito o que fazer com aquela informação. Sentiu-se culpado de ficar no mar mais dias do que era preciso, só para poder estender os dias de bagunça e de gastação. Não tinha coragem de ver Amália na cama, mas não podia deixar de ir até ela.

A porta estava entreaberta e ele foi entrando devagar, enxergando pouco na escuridão. Amália estava deitada de olhos fechados. Havia emagrecido e sua pele se tornara opaca. Deco sentou na cama ao seu lado. Ela mexeu o rosto e foi aos poucos abrindo os olhos. Depois de um tempo, e com algum esforço, conseguiu focar em Deco.

— Você está bem? — ele perguntou atônito com a prostração dos olhos da esposa. Ela não respondeu, apenas continuou mirando-o. — Fala comigo — Deco pediu.

Amália tinha tanta coisa para falar. A proximidade com a morte havia descortinado sua vida além das necessidades do dia a dia, e ela percebeu que não era nada daquilo que queria para si. Sentiu raiva de Deco, sentiu raiva de si. Havia se tornado mais uma mulher que ficava em casa cuidando dos filhos e engravidando cada vez que o marido vinha do mar para dar-lhe um pouco de dinheiro. Antes de voltar para o mundo, deixava de lembrança a semente de mais uma boca para alimentar. Mais um que dividiria sua atenção entre a roça, os remendos de roupas, o fogão e a louça. Deco tinha virado um homem com dinheiro, mas, para ela, não fazia diferença. Ela era apenas a repetição da vida que sua avó tivera, que sua mãe teve, que suas primas tinham. E ela tinha estudado, feito planos diferentes, estava próxima deles quando Deco ressurgiu com seus olhos de mar e sua obstinação de ter o que queria. Tirou-a da escola em que trabalhava, a fez dispensar o noivo, mudar para Picinguaba. Sonhar uma vida perfeita, de companheirismo e amor. Mas aí veio aquele ciúme doentio, as ordens para que ela não fosse em festas, a pressão para que não continuasse na escola. O primeiro filho, o segundo filho, o terceiro filho, o quarto. E logo o ciúme acabou. E no lugar dele, a distância. O não voltar para casa. As histórias que o povo falava dos seus barcos que demoravam dias nos portos. E ela sozinha, imensamente sozinha naquela vida que não sonhara.

Amália não se preocupou quando começou a sentir dores diferentes, mesmo sabendo que ainda não tinha lua suficiente para o bebê nascer. Ela aguentou calada, um lado seu desejando morrer daquilo. Seus filhos ficariam sem mãe, e sim, seria muito triste, mas eles tinham um pai que podia proporcionar uma vida boa; não morreriam de fome. Se Reis ajudasse Deco na criação dos filhos, seria tudo muito tranquilo, então ficou ensaiando como pediria isso ao velho, quando em uma tarde ele foi visitá-la com um bolo de mandioca que tinha feito com o açúcar que agora a mulher de Alberto vendia no armazém.

Amália estava sentada no canto da cozinha, com a perna encolhida e as mãos nas costelas. Assim que viu Reis, tentou se recompor.

— Está tudo bem? — ele perguntou colocando o bolo na mesa e indo até ela. Com esforço, Amália se levantou e foi ver o bolo.

— Fim de gravidez é assim, sempre dá essas dores.

Reis ficou observando.

— Quando Deco volta?

Amália deu de ombros e foi pegar uma faca.

— Parece bom.

Reis agradeceu quando ela lhe passou a fatia e comeu em silêncio. Amália apenas passou o garfo sobre o bolo e teve ânsia quando tentou levar um pedaço à boca.

— Me desculpe — ela disse. E sentiu uma pontada tão forte que não conseguiu conter o grito de dor. Reis pulou da cadeira e disse que iria chamar Dona Zita. Amália pegou em sua mão, impedindo que ele saísse. — Se eu morrer, você cuida dos meus filhos?

Em vez de responder, Reis saiu correndo atrás da parteira e, para sua sorte, encontrou-a no meio do caminho.

Dona Zita conhecia o corpo de Amália e com poucos toques disse que ela precisava parir aquele filho no hospital, pois ele queria nascer, mas estava preso, e só cortando teria jeito. Ela colocou

Amália de bruços e começou a mover seu corpo de forma que diminuísse sua dor.

— Faz quanto tempo que está sentindo essas pontadas?

Amália fechou os olhos sem responder.

— Ela tem que chegar rápido em Ubatuba — Zita disse para Reis.

Os barcos mais rápidos da vila eram as sardinheiras de Deco. Ele bem que podia estar lá para cuidar da mulher e levá-la para a cidade, mas a sorte foi que havia uma traineira que tinha acabado de chegar para passar a noite. Amália foi carregada para a praia dentro de uma rede. Teve a sensação de que já estava morta e indo para seu enterro.

≈

— Fala comigo — Deco disse se deparando com a distância que havia nos olhos da esposa.

Fazia muito tempo que não a olhava. Achava que o fato de lhe dar filhos e dinheiro já era o suficiente.

— Você não vai falar comigo? — ele perguntou de uma forma diferente. Havia arrependimento em sua voz e Amália enfim resolveu enxergá-lo.

— Seu avô está aí?

— Não.

— Sonhei com ele.

— Eu estou aqui — Deco disse colocando a mão sobre a dela, que estava tão gelada e sem vida, que ele logo se retraiu.

Os dois ficaram em silêncio por um longo tempo, Amália com os olhos fechados e Deco olhando a fresta de luz que entrava pela janela, revendo através dela os últimos anos do casamento.

— Eu não vi que estava morrendo...

Amália tornou a abrir os olhos. Sua respiração estava curta e lhe era custoso falar:

— Eu morri, Deco.

— Não, você está aqui. Vai ficar boa, eu vou cuidar de você.

— Vai cuidar de mim como? Me fazendo mais um filho?

Deco não sabia o que dizer. Sua mulher havia naufragado diante dos seus olhos sem que tivesse se dado conta. E, agora, não tinha ideia de como resgatá-la. Queria ao menos ficar com sua mão na dela, mas não conseguia lidar com a textura gelada de sua pele.

— Eu vou ficar aqui com você!

— Faça o que quiser. Pode ficar, pode ir, tanto faz.

Vencendo o medo de tocá-la, Deco começou a acariciar sua testa. Pensou em Maria. Nunca mais tinha ouvido nada sobre ela. Na vila, comentavam que era uma filha ingrata por nunca ter voltado para visitar os pais. Nem mesmo para o enterro do Seu Alberto havia aparecido. Será que, se tivesse se casado com ela, também a encontraria na cama como Amália? Será que ela tinha fugido pois antevira que ele a mataria aos poucos?

Seu sonho ele tinha conquistado. Era um grande pescador, tinha três barcos, era o homem mais rico da vila. Nunca mais soube o que era privação, nem ele nem seus filhos. E tudo isso para quê? Um homem que mata a mulher aos poucos, o que importa quanto dinheiro tem?

— Você vai ficar boa. Eu não vou sair do seu lado até você se recuperar.

— O médico disse que tenho que escolher viver. Ainda não fiz minha decisão.

— Não fale assim, Amália. E nossos filhos?

— Você acha que não fui por quê?

— Por minha causa — Deco disse e começou a chorar.

≈

Reis estava fazendo uma miniatura de barco talhado e estava tão concentrado que demorou a ver o neto parado na porta entreaberta. Deco notou o quanto o avô tinha envelhecido. Ele tinha mais de cem anos; cento e dez talvez. Ainda era um homem forte que vivia sozinho, mas dava para ver que o tempo começava a mostrar sua força. Onde Deco estava todos esses anos que não viu o avô envelhecer desse jeito? Na verdade, ele tinha visto muito pouco nesses últimos anos. Mal tinha acompanhado o nascimento dos filhos, tampouco percebeu a tristeza que estava levando Amália.

Reis se levantou assim que o viu, e Deco foi até ele e começou a chorar. O avô ficou passando a mão em sua cabeça.

— Ela vai ficar bem.

— A culpa é minha.

— Ninguém é infeliz sozinho. Ela também fez suas escolhas. De casar com você, de ser infeliz depois de casada. Não digo que você é bom marido, não é. Mas ela também tomou suas decisões.

— E agora?

— Ela vai ficar bem.

Deco não tinha a mesma certeza.

— Por isso Maria fugiu de mim?

— Talvez. Mas vocês eram pessoas diferentes. Amália não, vocês são feitos do mesmo barro.

— Por que então ela está nesse abismo?

— Deco, a gente não deve buscar explicação para tudo. Talvez você que esteja no abismo, e agora ela está te dando a oportunidade de sair dele. Cuide dela. As coisas devem ficar bem.

— Será que eu consigo trazer Amália de volta?

— Consegue. Mas não esqueça que você também precisa voltar.

— Eu vou ficar em terra até ela se recuperar.

— Fique sim, ao lado dela. Ficar aqui talvez te ajude a retornar.

Deco ficou parado, pensativo, e Reis voltou a entalhar o barco. O avô agora só falava daquela forma.

— Vô, o senhor está com quantos anos?

— Cento e oito, eu acho.

— Vamos pescar amanhã?

— Mas você ainda sabe pescar de linha?

Deco riu.

— Não tão bem como o senhor, mas me viro.

Reis se levantou e deixou o formão no chão.

— Vamos agora!

— Nessa escuridão? Nem lua tem hoje.

— E quem precisa de lua?

Reis saiu pela porta e Deco foi atrás dele.

Não tinha ninguém na praia aquela hora. Deco não quis que Reis puxasse a canoa para a água, e pela primeira vez o avô deixou que o neto fizesse tudo sozinho.

Os dois saíram pela escuridão da noite. A ardentia brilhava a cada remada. Deco remava na frente e o avô atrás, dando a direção. Mesmo no escuro, ele tinha controle completo do rumo que estavam tomando.

— O senhor ouviu falar sobre a estrada?

— Que estrada?

— A estrada que vai até Santos. Ela vai passar por aqui. Vai de Santos ao Rio de Janeiro.

— Mas por que vão fazer isso?

— Para a gente poder ir para os lugares sem ser a pé, sem ser de barco.

— Mas aí precisa de carro?

— Sim!

— E quem tem carro aqui? — Reis disse achando graça.

Deco pensou que ele mesmo queria ter um carro, mas se calou.

— Acho que muita coisa deve mudar quando chegar a estrada.

Os dois remaram em silêncio por um bom tempo, até Reis sinalizar que podiam parar ali mesmo, no mar aberto, entre o boqueirão e a Ilha das Couves.

— Vamos pescar aqui? — o neto disse surpreso, e, ao se virar, viu que o avô estava olhando o alto-mar. Deco deu um pequeno grito quando percebeu o que ele olhava: um grande cardume fazia um círculo brilhante debaixo da água. Brilhava tanto e era tão intenso, que parecia um sol dentro do mar.

— A bola de fogo — disse Deco.

Ele já tinha visto muita coisa no mar, até a assombração de uma tintureira, mas nada, absolutamente nada era mais impactante que aquela bola brilhante.

— Você já tinha visto antes?

— Ela aparece uma vez por ano.

— E como sabe quando está aqui?

— Eu simplesmente sei.

Os dois ficaram em silêncio contemplando o movimento do cardume, que girava em círculos cada vez maiores. Nesse momento, Deco percebeu que tinham feito a besteira de esquecer a linha e o anzol e comentou com o avô.

— A gente não precisa de anzol e linha, não estamos aqui para isso. Mas antigamente eu pensaria que nem você... Tanto peixe e a gente sem ter como pescar...

— Um cardume desse e a gente não vai pegar um peixe?

— A primeira vez que vi a bola de fogo, estava com seu pai. Ele ficou parado olhando com aquele jeito maravilhado de olhar as coisas. Eu fiquei sentado no fundo da canoa, pegando um peixe atrás do outro. Pesquei muito peixe! Hoje até me envergonho... Demorei muito para entender. Acho que seu pai foi embora por isso, para que eu pudesse perceber... Você lembra o jeito que ele olhava para as coisas?

Deco se lembrou do pai, como ele enchia o mundo de histórias mágicas e não aceitava ser contestado nesse assunto. Lembrou-se de como lhe fazia rir pelas manhãs, a voz pausada ao ensinar-lhe que o mundéu tinha que estar virado para o sul e que a cavala, quando era muito grande, tinha que ser seca em posta. Pensou que ao lado do pai ele nunca soube o que era tristeza. Para um homem que sabia tudo sobre afeto e que achava a vida mágica, a bola de fogo não seria apenas um cardume de peixe no mar.

— Agora você entende? — Reis perguntou.

— Sim — Deco disse quase inaudível.

— Eu demorei a entender, mas agora sei. E lhe trouxe aqui pois quero que você saiba também.

Nesse momento, a bola de fogo começou a se expandir. Círculos cada vez maiores rapidamente se espalharam ao redor, extrapolando o mar. As ilhas, a costeira, a canoa, tudo estava iluminado pela luz dourada. Deco sentiu medo. Com os olhos arregalados, virou-se para o avô. O velho, admirando a luz dourada, começou a falar:

— Não tenha medo, meu filho. Acalme seu coração e me escute. Eu achava que ter um sonho, cumprir um propósito, que a vida era isso. Aí você consegue, alcança e diz: ganhei tanto hoje ou realizei um sonho, e pronto, sou feliz. Mas por anos vim aqui ver a bola de fogo... Aí entendi... Na verdade, a gente está aqui a serviço do mundo, o mundo precisa de nós. A gente deve olhar com os mesmos olhos um barco cheio de peixe e uma canoa à deriva. Um povoado e uma praia vazia. Claro, é bom ter um propósito. A vida segue, a gente constrói, a gente sonha. Mas nossa verdadeira luta é aqui dentro. E essa luta a gente combate sozinho. Todo mundo, em algum momento, vai cair na noite, mas tudo sempre volta para o dia. A bola de fogo é o brilho que mostra o caminho. A dor, a morte, nada consegue apagar esse brilho da gente.

Deco escutou por um longo tempo as palavras ressoando. Como o brilho da bola de fogo, a voz do avô girava ao seu redor, espalhando-se pelo espaço para depois voltar para perto deles. Deco, no epicentro de tudo, sentiu-se transportado para além da vida, e não souber dizer quanto tempo ficaram ali.

À medida que o sol começou a clarear o céu, a bola de fogo foi diminuindo até voltar para as profundezas do mar.

Deco se virou para o avô para agradecer.

Com seu afeto, ele conseguiu, enfim, fazer dele um homem.

Reis, porém, estava morto.

EPÍLOGO

De dado histórico, existe apenas o testamento de Maria Alves de Paiva, a dona da Fazenda Picinguaba, libertando os escravizados e deixando que morassem em sua propriedade.

A mudança de três famílias para a prainha é história oral dos seus descendentes.

O resto são sonhos. Invenções que buscam poesia no mundo. Herança do meu avô Guido, poeta e sonhador, que chegou na vila em 1970 e se apaixonou por Picinguaba.

Este livro nasceu do desejo de permanência dos sonhos naquilo que nos move. Em Picinguaba, em todos os outros lugares do mundo, mas, principalmente, dentro de nós.

AGRADECIMENTOS

Ari, que me povoou desde menina com suas histórias fantásticas.

Daíco, que, ao contar a morte de seu pai, criou o impulso para o livro.

Aos descendentes dos formadores da vila entrevistados: Seu Pu, Dionéia, Dona Albertina, Laudemir, Ruberci, Cachaba, Dona Maria.

Aos amigos de Picinguaba que também contribuíram para o livro: Seu Zé, Calilpe, Lucia, Dona Maria, Patricia, Patricio, Mizael, Delma, Andrea.

Aos produtores e aos amigos que sempre contribuem com meus livros: Liége, Sergio Coelho, IC Cultural, Bia, Ary, Fabio Freitas, Ricardo Soares, Ignácio e Pilar.

À minha familia.

CAIPORA

Ari dos Santos

FONTE Minion Pro
PAPEL Pólen Natural 80g/m²
IMPRESSÃO Paym